大卫·阿尔蒙德作品集

A Song for Ella Grey

献给艾拉·格雷的歌

〔英〕大卫·阿尔蒙德 著　　锦瑟 译

人民文学出版社
PEOPLE'S LITERATURE PUBLISHING HOUSE

著作权合同登记号　图字 01-2016-6586

图书在版编目(CIP)数据

献给艾拉·格雷的歌/(英)大卫·阿尔蒙德著；锦瑟译. —北京：人民文学出版社，2017(2023.5 重印)
(大卫·阿尔蒙德作品集)
ISBN 978-7-02-012299-8

Ⅰ.①献…　Ⅱ.①大…　②锦…　Ⅲ.①儿童小说-长篇小说-英国-现代　Ⅳ.①I561.84

中国版本图书馆 CIP 数据核字(2017)第 019968 号

责任编辑　**卜艳冰　汤　淼**
装帧设计　**汪佳诗**

出版发行　**人民文学出版社**
社　　址　**北京市朝内大街 166 号**
邮政编码　**100705**

印　　刷　**山东新华印务有限公司**
经　　销　**全国新华书店等**

字　　数　**116 千字**
开　　本　**890 毫米×1240 毫米　1/32**
印　　张　**5.5**
版　　次　**2017 年 4 月北京第 1 版**
印　　次　**2023 年 5 月第 3 次印刷**

书　　号　**978-7-02-012299-8**
定　　价　**45.00 元**

如有印装质量问题，请与本社图书销售中心调换。电话：010-65233595

目　录

第一部

最后就剩下我一个。由我来讲这个故事。他俩我都认识，我知道他俩曾如何生活，又如何死去。这是不久前的事情。我很年轻，和他俩一样。和**他俩**一样？这怎么可能？你怎么可能既年轻又已死去？我没时间想这个。我得把这个故事甩掉，我得生活。我会讲得很快，一五一十，让它快点过去，现在就过去，趁着这冰天雪地的北方夜色正幽暗，趁着天上清冷的星星正闪烁。我要在天亮前讲完。我要把我的朋友带到这个世界过最后一晚，然后放她走。跟我来，一个字，又一个字，一句话，又一句话，一个人，又一个人，死去。别犹豫。跟着我穿越黑暗，别停下。不会太久。不要回头。

我要从中间讲起：此时故事已掀开篇章，而结局尚未到来。那是一个暮春的清晨，开学两个星期了，我俩一起躺在床上——我俩那时老这样。不知不觉，我们便喜欢上了一起过夜。刚开始时我俩才五岁，抱着泰迪熊和毛茸茸的玩偶蜷缩在一起。现在我俩已经十七岁了，还会在一起过夜。有一阵她爸妈禁止她这样，说她走上歪路了，在学校不够用功。不过她很听话，开始努力学习。她能让他们对她言听计从——只有她才有的魔力。所以我们又在一起了，身子贴着身子，睡在我那张温暖、安全的床上，一起呼吸，一起做梦。艾拉和克莱尔。克莱尔和艾拉，一直是这样，从未改变。多么可爱，多么青春、明媚、自由，多么……未来就在前方，等着我们。多么……哈！

阳光透过薄如蝉翼的黄色窗帘照进来。一阵风吹过，我的风铃晃动着响了起来，那张破烂不堪的捕梦网也开始摇摆。涨潮的河钟敲响，遥远的海边，一只雾角在呜咽。

我以为艾拉还在睡。我把脸贴在她后背上，听着她平稳、有节奏的心跳，听着她身体深处生命的奏鸣。

“克莱尔，”她柔声说，“你醒了？”

“我以为你还在睡。”

“没有。”她一动不动，“是爱，克莱尔，我**知道**是爱。”

我突然心跳加速。

“你什么意思，亲爱的？”

从她的呼吸、她快乐的叹息中，我听到了微笑。

“我整夜都醒着，”她说，“一直在想他。”

“**他**？”我质问，“哪个**他**？”

我从她身旁挪开，平躺下来。

当然，我知道她会如何回答。

“俄耳甫斯！”她悄声说，“俄耳甫斯！除了他还会是谁？”

她咯咯笑着，转向我，脸上放着光。

“克莱尔！我爱上他了。”

“可你连见都没见过他。他可能都不知道这世界上**有**你这个人，见鬼。”

她还是咯咯笑。

“而且你只不过和他在那个活见鬼的电话里说过话……”

她用手指堵住了我的唇。

“这都不重要。我一直能听见他的歌声。就好像我一直在等着去找他，等他来找我。就好像我已经认识了他一辈子。他也是。”

“天哪，艾拉。”

“命中注定。我爱他，他也会爱上我。再没别的可能。”

这时传来我妈妈的声音，喊我们下楼。

“来了！”艾拉喊道。

她捧着我的脸，凝视着我的双眼。

“谢谢！”她说。

“谢什么？”

“让我们在一起。”

“你说什么？”

“如果那天你没打电话给我让我听，如果他没有唱歌给我……”她吻了吻我的唇，“这一切都不会发生，对吧？”

老妈又喊了一遍。

我穿上衣服。

“对。”我说。

她就那样一直微笑。

她又吻了我。

“你会明白的，”她说，“你会理解的，不会太久了。”

“什么不会太久？”

“他来找我，我**知道**他会来找我。”

她再次吻了我。

咯噔，我的心沉了下去，咯噔。

***

我们顺着河堤走路去上学。我们走过曾经的造船厂，走过小桥——我们曾在桥下放纸船，曾在这里给布娃娃洗澡。远处，纽卡斯尔大桥高耸的桥身微微浮现。我们从一些钓鱼的人身边走过。一部分路面塌陷下来，下面很可能就是从前那些煤矿留下的一个个矿坑。

我牵着她的手，带着她跨了过去。

我用双手捧着她的脸，小心翼翼地捧着。

“你纯得要命，”我对她说。“你甚至从没正正经经交过男朋友，可现在……”

她又那样咯咯地笑起来。

“都是这样发生的，对不对？某一天，一切都再平常不过，然后突然啪的一下，你毫无准备，便陷入……”

“这不可能是爱，”我说，“这是疯狂。”

“那就让我疯狂吧！！”

她开心地吻了吻我，然后挪开。我们加快脚步。身边人开始多了起来，都在朝圣三一堂学校走去。我们跟朋友打着招呼。

她在大门前停下，并不急着进去，一脸神秘地柔声对我说：

“我知道你吃醋了。”

她再次靠近我，垂下眼睑，喃喃道：

“克莱尔，我知道你爱我。”

“我当然爱你。正常的爱，不是这种……”

“我的心没变，”她说，“我还是你的……”

“哦，艾拉，别说了。什么都不要说。”

我试图去拉她，可她挣脱开，转身走掉了，头也不回。

那天上午的英语课上，卡拉卡托老师跟念经似的不停地讲啊讲啊。又是他妈的《失乐园》。艾拉一直望着窗外。我注视着她。她一天到晚在做梦。有时候感觉她这个人都不在这儿。有时候又感觉她处于半死的状态，是我在替她活着。

有时候真想朝她屁股踢一脚，把她摇醒，冲她大喝一声：

“醒醒！”

“克莱尔？”卡拉卡托老师的声音传来。

他就在我桌旁。

“什么事，先生？”

“**你**怎么看？”

“什么怎么看，先生？”

他转动着眼珠，却不说话，因为艾拉突然从座位上站起来，开始收拾书包。

“艾拉？”他问。

她看都不看他，冲我咧嘴一笑，开心地挥了一下小拳头。

“**看见**了吗？”她悄声说，“我没说错吧，克莱尔？”

她大笑着，转眼便冲出了门，不见了。

于是我们看到了他，在外面，院子边上，影影绰绰。他就站在那儿，还是那件外套、那样的长发，那把里拉琴背在背上，用那种俄耳甫斯式的眼神凝望着我们。接着艾拉出现了，穿过水泥地，匆匆走向他。

卡拉卡托老师猛地拉开窗户。

“艾拉！”他大喊，“艾拉 · 格雷！”

她没有转身。这是他们的初会，他们就那样对望了片刻，然后拉起手，走了。

卡拉卡托老师又喊了一声，然后猛地把窗户关起来。

“平时闷声不响，然后突然整这个？”他说，“你们这些孩子，真让人搞不懂。”

“是啊。”我悄声回应。

“她说他会来，他就真的来了。”

“是的。”

“她就是黑暗使者，想不到吧？”

我们盯着他们离去的地方使劲看。

“她和**他**，”安吉丽娜说，“她和**他**。”

好多人都涌到了窗前。

“他是谁？”比安卡问。

“猛男！”克里斯托 · 卡尔哈哈笑道。

男生没人吭声。

“回到你们的座位上，”卡拉卡托老师命令道，“她如果想放弃前途，就让她去吧。她知道自己在做什么。”

“是吗？”我咕哝了一句。

“他**究竟**是谁？”比安卡问，“谁？”

“好了，咱们继续上课，”卡拉卡托老师说，“‘邪恶，你就是我的善良。’弥尔顿这句话究竟想说什么？”

“是谁？”克里斯托问。

“他叫俄耳甫斯，”我答道，“要命的俄耳甫斯。”

第二部

一

或许他一直与我们同在。或许当我们十三岁、十四岁、十五岁、十六岁，当我们结成一群酷酷的死党的时候，他也在那里。我们以前常在克卢尼旁边的草坡上集会。克卢尼是一个由威士忌仓库改造成的艺术家工作室，坐落在奥斯本河边——这条小溪从城里的地下涌出，流过城门，注入泰恩河。那边有一家咖啡屋、一座酒吧、一间小戏院，一个屋子——里面有乐队在演奏。旁边便是七故事——一家儿童书店。我们小时候常和爸妈、老师去那里听作家、艺术家讲课。我们制作面具，穿上演出服，演我们自编的故事。我们躲在面具后面说：我不是我。我不见了，我曾变成过吸血鬼、灰姑娘、韩赛尔、格雷特、格尼维尔。然后我们便讲述自己编的故事，并把它写下来。就连我在写这个故事的时候，都感觉他就在我们中间，用我们的嘴说话，让我们歌唱，让我们跳舞。

我们老是说，奥斯本河河边的空气里一定飘着魔法。我们饮红酒，听河水，看星星，我们分享梦想：当艺术家、音乐人、诗人、游子，只要和现在不同，只要标新立异。我们嘲笑那些跟我们不是一类的孩子，那些年纪轻轻就谈论事业、谈论见鬼的抵押贷款和养老金的孩子。那些还没来得及年轻就想老去的孩子、还没好好活着就想死去的孩子。他们在挖掘自己的坟墓，在砌监狱的高墙，然后他妈的自己住进去。我们呢，我们紧紧抓住青春不放。我们自由自在，无拘无束。我们说过，永远不要变老，不要变得烦人。我们到慈善商店去搜刮复古衣服。我们在海布里奇买到了破旧的李维斯牛仔裤，还买到了阿提卡牌天鹅绒衣服，虽已褪色，但依然很漂亮。我们穿五颜六色的靴子，戴盖亚牌亚麻围巾。我们读波德莱尔和拜伦。我们互相读自己写的诗。我们写歌，然后放到视频网站上。我们组建了乐队。我们谈论那些一放学就立刻会奔赴的神奇的旅途。有时我们当中也会有人出双入对，谈一段短暂的恋爱，但这个团体还是我们这几个。我们紧紧连在一起。我们可以想说什么，就说什么。我们爱着彼此。

那个周六的黄昏，空气中一定是出现了俄耳甫斯。还是早春，但气温已经开始回升，城市上空的天是粉色中带着金色。我们身下的草坪被太阳晒了一天，热烘烘的。码头那边靠近城里的地方传来了笑声和醉鬼的尖叫——这么早。有人拿来一瓶从特易购超市买的瓦尔波利塞拉葡萄酒，在我们手上传着，我们嘴对嘴地喝，品尝着酒，品尝着彼此。

一只天鹅突然从高高的地铁桥上朝我们俯冲过来，我们被那个黑影吓了一跳。它在我们头顶几英尺的地方来了个急转弯，朝河那边飞去。我们开心地啐着。有人拍手，有人大笑，有人微笑，有人叹息。慢慢地，我们又恢复了平静。

我向后仰躺着，两条腿直挺挺地摊开。艾拉靠在我身上，是她先听到的。

“**那**是什么鬼声音？”她冷不丁地问。

“什么？”

“那个？”

她坐起来。

“**那个**。听。”

是什么？我们倾听着，但什么也听不到。过了一会儿，我们听到了。

“是有**什么声音**？”山姆·辛德斯说。

“好像有人在唱歌什么的？”安吉丽娜说。

“对，”艾拉说，“是的。”

对，像唱歌，但也像很多声音混合在一起——河水的呜咽、醉鬼的胡话、清风拂过脸庞的微颤、断断续续的鸟鸣和汽车的声响，像是在所有这些熟悉的事物里添加了一个新的音符，把它们变成了某种古怪的歌曲。

我们仔细倾听。

“没有啊，”迈克尔说，“什么也没有。”

不可能什么都没有，否则我们刚才为何站起来四处找寻那声音的方向？我们为何会都说是的，听到了？难道我们当时就是那样——随时随地地追求标新立异、追求美，尽管它们其实并不存在？难道只是因为瓦尔波利塞拉葡萄酒、因为天鹅、因为我们大家在一起、因为我们年少轻狂？

不管是什么，我们站起来了。我咕嘟咕嘟喝完最后几口酒，把酒瓶丢到了垃圾箱里。我们沿着绿草茵茵的河岸来到奥斯本溪边，小溪在克卢尼的深黑倒影中流淌着。溪水旋转着，浮起一个个漩涡，汩汩地向前流动，等着汇入泰恩河。岸边滑溜溜的黑泥正在干化，发出喀哒声。小溪上方狭窄的钢桥上，一对情侣走过，响起一阵脚步声。我抓住了艾拉的手，我们一起走着。

我们沿着小溪一直走，直到它钻进城市下方的隧道，然后又重新探出头来。溪水拍打着上了锁的大门，在铁栅栏间喷涌着。我们凝视着那些螺丝钉、那把硕大的挂锁和那个上面画有骷髅头的警示标志，凝视着远处的拱形隧道和越来越浓重的暮色。

“天哪，以前这地方多吓人！”她叫道。

“还记得我们曾扒着眼睛往里看，比赛谁看得最远吗？”

“看那些恶魔和怪兽？”

“还有那些老鼠，突然蹿出来，那时候？”

“咱俩吓得嗷嗷乱叫？”

我们咯咯地笑起来。

“那儿有一个！”我叫道。

“又来一个，克莱尔！看！长角的那个！啊，天哪！”

我们开着玩笑，但身子却在发抖。我把她拉过来，深深地吻住了她的唇。我第一次吻她，正是在这个地方，好多年前，那时我们还是孩子，还会怕黑。

“听，”她说，“那声音好像是在水里，克莱尔，听到了吗？”

我们倾听着它在两岸之间、在铁门内外回荡的样子。

“听到了！”我叫道。

我俩笑了起来。

“丁当丁当！”我说。

“呼呼呼！”

可我们一直在找寻的那个声音却好像来自四面八方。我们离开了小溪。每到一个角落，它都从另外一个方向传来；每当我们停下脚步，它都从另外一个地方传来。

“它究竟是从哪儿来的？”我问。

艾拉闭上眼，把脸转向天空。

“从我们的身体里来！”她说。

卡罗 · 布鲁克斯——我们当中看上去最年长的——到克卢尼酒吧里面又拿了些酒出来。我们一饮而尽，然后继续向前走，这次我们不再寻找了，而是在那个声音中漫游。玛丽亚和迈克尔这两个家伙已经勾搭了几个星期，现在他们溜进了一个门口，拥住彼此，终于开始激吻了。

“好样的，继续，”凯瑟琳叫道，“现在相爱吧！”

一群喝醉了的妹子从我们身边大摇大摆地走了过去。

“是那帮嬉皮士！”她们笑道。

她们走远后，我们叽叽咕咕地笑起来。

“嬉皮士！”我们讥讽道。

“就是我们啊！”山姆大笑。

我们继续听，是它消失了还是我们再也听不到——抑或，它根本就从未真正出现过？谁又知道呢？反正我们意识到：它不见了。我们来到码头，走过一家家酒吧、一间间饭店，在一群群醉鬼中穿行。

泰恩河桥底下有一个卖艺人，是一个老家伙，脸上皱纹纵横、污浊不堪，弹着一把破烂的曼陀铃，唱着一首听不懂的外国歌儿，声音沙哑。

“没准就是他一直在唱呢。”山姆说。

我们站在那儿听了一会儿。

“他以前肯定很有味道。”艾拉说。

老家伙向我们示意放在地上的那只破旧的曼陀铃套子，就在他脚旁边。

我们找到了几枚硬币，丢了进去。

他朝我们笑了笑，把手里的曼陀铃举向天空。

“天神保佑你们。”他说着，又热情十足地弹唱起来了。

“哇！”卡罗说，“我们要是扔几个六便士进去，你得唱成什么样？”

老家伙哈哈笑起来。

“把你的家当全给我，”他说，“你就知道了。”

艾拉默默不语，我和她一道朝家走。

“可能什么都没有，”她说，“可能**不过是**我们自己臆想出来的。”

我送她到她家大门口。她几乎一动不动，向后退了几步，凝视着我，仿佛她看的不是我。

“真是疯了！”她说。

“什么疯了？”

“我们，这么年轻！太神奇了！对不对，克莱尔？**对不对**？说对！说**对**！”

“对！”我悄声说。

她咯咯笑起来，耸了耸肩，转过身，走了。

二

第二天我们发现我们当中有些人依然能听到那个声音：睡着的时候，在梦里。我听不到。当这些人意识到自己不是唯一能听到的人时，他们睁大眼睛，难以置信地张着嘴巴。他们说还想再听，还想再找到它。

英语课上，艾拉又开始神游了。

“听着，”卡拉卡托老师说，“‘未曾目睹你的芳容，未曾听到你的名字，我便已爱上你，两次、三次’，这两句你怎么理解，格雷小姐？**格雷小姐！你怎么理解！**”

我用胳膊肘把她碰醒。

“我觉得，”她说，“特别美。”

“好的。还有吗？”

“还有……有点怪，先生。有种死亡般的神秘。”

“哦，‘美、怪、有种死亡般的神秘批评学派’，太棒了。”他的脸色阴沉下来，“可惜，你的A级考官可不承认这个学派。芬奇小姐？”

比安卡跳了起来。

“我？”

“对，你。芬奇小姐。你觉得我们的多恩先生想表达什么。”

比安卡一边磨着指甲，一边望着卡拉卡托的脸沉思。

“嗯，先生，”她开口了，“我觉得多恩先生的意思是他想好好来一炮。”

她停下来，卡拉卡托先生盯着她。

“老实说，”她继续说下去，“我觉得那些诗人们想表达的都是这个意思。”

她忖度着他。

“也有可能你根本不懂这类事情，先生。”

我们望着卡拉卡托先生的脸。难道今天要火山喷发？

别，千万别是今天。

三

那时候考试快要临近了，体制的围墙正向我们压来。艾拉的爸妈说她的态度让他们深深担忧。她以前是个聪明的姑娘，可现在摇身一变，成了一个傻乎乎的梦游者。她在挥霍一切。老师对她的评价令人失望至极，预期中的成绩也直线下降。她还**想不想**有好结果了？她还**想不想**上个好大学？她还**想不想**拥有成功的人生？

“他们指的是什么，成功的人生？”我问。

“有钱之类的，我想。”

“有钱之类的？”

“再有个好工作，那一类的东西。”

我想象着她对这些概念是多么模糊，她是多么不愿意捍卫自己，她是怎样无奈地耸耸肩、含糊其辞、闭上双眼，告诉他们她会好起来，会更用功。

“你说了什么？”

“没什么，我想。”

我狠狠地瞪着她。

“没什么？他们谈论的到底是**谁**的人生？”

“我的。问题是，”她说，“我知道他们什么意思。”

“呃？”

“他俩是对的，连你都这样说。我**确实**是无可救药了，真要命。”

“天哪，艾拉，别把**我**和他们扯在一起。”

“他们还说我不能来得这么频繁。过夜这种事……”

“过夜**这种事**？”

“已经失控了。”

“失控了？”

“他俩说小女孩才这样。说如果是初中生这样还可以，但现在就不合适了。”

“什么？”

“他俩说星期六偶尔过一次夜还可以，但是……”

“**你**怎么回答的？”

“就那样呗。”

“**就那样**？可恶的艾拉！”

“那复活节那事……？”

“**复活节**那事？”

“对，没戏。”

“**什么**?”

复活节那事。自从去年深冬我们就开始策划这件事了——在雨夹雪不间断的抽打之下，我们都以为自己因为长期不见太阳得了脚气病什么的。**北方**！我们哀鸣着。我们为何生活在天寒地冻的**北方**！为何不是意大利？或者希腊？我们大笑。一个冰冷的夜晚，我们坐在克卢尼外面，嘴里呼出的哈气在我们身边盘旋着。我们一个个蜷缩着身体，生怕体内的热量散掉。去他的，我们说。我们自己制造一个意大利！我们自己制造一个希腊，他妈的！在哪儿呢？当然是在诺森伯兰郡了。一有机会就去，复活节放假那几天，春天。到那时起码也会有点太阳了。如果没有的话，我们就假装有。喝得酩酊大醉，做梦看见太阳。我们要到海滩去，待上他妈的整整一个礼拜。可以坐公交车，也可以搭便车。我们要带上帐篷、睡袋，在沙丘上露营。要带上吉他、长笛、铃鼓和鼓。要带上几只巨型煎盘、一吨意面、几加仑香蒜、一千听番茄酱。带上一麻袋的冷冻面包。勒紧裤腰带，储存上成箱的利德超市的基安蒂红葡萄酒和阿尔迪超市的霞多丽白葡萄酒。到了那儿我们要自己从海里钓鱼，偷农民地里的土豆，点燃篝火，夜夜笙歌。我们要唱啊，跳啊，躲开圣他妈的三一、卡拉卡他妈的托和失他妈的乐园。忘掉预期成绩、调整成绩；忘掉及格、不及格、平均分和五角星；忘掉所有让我们无法成为**我们**的那些见鬼的东西。

对！一定会很棒。十六七岁的人就应该干这种事。我们要自由了！

可现在却这样。全世界最他妈无趣的蠢货正在阻止我闺密与我一道分享这件事。

“可是艾拉……”我嗫嚅着。

“我知道，”她答道，“不过，克莱尔，对我来说，不一样，对吧？”

“你是说，你被领养这事儿？”

“对，我被领养这事儿。没有他们，我肯定……”

“怎么？”

“没什么。你知道的，克莱尔。真的没什么。”

四

我和其他人还是去了，正像我说的那样，一有机会就去。我们周五复活节那天分开，第二天一早就奔赴北方。我无法与艾拉同去，于是决定独自前往。我想体验那种一个人独闯天下的感觉，来一次冒险——虽然只有五十五英里左右。我告诉别人我会搭便车，但发现自己根本没这个胆量。我选了一条错综复杂的路线，以免和别人撞车。我坐的是当地公交车，一辆换一辆，拐来拐去，过了一村又一村、一镇又一镇，沿着海边，一路向北。我的帆布背包里装满了西红柿和葡萄酒，沉甸甸的。过了阿尔恩茅斯我从公交车上看到了卡罗和安吉丽娜，他俩四仰八叉躺在田野里，阳光洒在他们身上。途经波莫村时我看到一个急匆匆奔跑的身影，像是卢克。我曾对自己说要写一篇日记，于是潦草地写了点空洞的感受：春天多么美、大海波光粼粼，还有一只黑乎乎的鸬鹚，站在湿漉漉、黑乎乎的礁石上。

好希望艾拉在这里，我写道。这句话我起码又再写了两遍。

在比德内尔的候车亭里，我试图写点诗。

快点儿来灵感，我轻声祈祷。**什么都行，快**！

没用，我放弃了。

太急了，我劝自己说，**可能要再过一两天**。

我们按照原计划在班姆伯格集中在一起，就在古堡下面的田野里。三点之前，所有人都抵达了。每个人都受到了欢呼，得到了拥抱。然后我们移步到海边，接着又向南走了一英里左右，那里有宽阔的海滩、高耸的沙丘；在那里看散落在大海东方的法尼群岛，景色也最震撼。我们边走边捡浮木。天空湛蓝，落日在切厄维特山背后缓缓西沉，燃烧着一片金晖。

我们在沙丘上支起帐篷、铺好睡袋，在海滩上燃起第一堆篝火。我们吃意面、喝酒，我们唱歌，我们喊叫，我们低语，为那优美的夜晚、星星、月亮，为遥远的朗斯灯塔转动的灯光、那令人熨帖的海浪声，还有身后不太远的某处传来的猫头鹰的声声叫唤，还有流星——两点钟左右来了一小阵流星雨。

我们站在海边，手拉着手，摇摆着，唱着。

“我的邦妮躺在海洋上……”

“我们都生活在一艘黄色潜水艇里……”

“鲍比·沙夫托出海了……”

累了，我们就换一首，声音和身体都越来越安静，我们一遍又一遍地合唱着《喜鹊》，夜色愈发地深了。

魔鬼，魔鬼，我们藐视你。

魔鬼，魔鬼，我们藐视你。

魔鬼，魔鬼，我们藐视你。

后来，在我那顶小帐篷里，我给艾拉发了短信。

哦，你真该在这儿。

她立刻就给我回了电话。

“快讲！”她低声说。

“还不错吧，”我说，“你干吗呢？”

她笑起来。

“在想怎么讨好他们，这样下次我就能和你们一起去了。”

“太好了！”

入睡前，我听到我们当中那对情侣在做爱，听到吉他声，还听到有人在唱歌，唱得挺费劲，就像我写诗一样。

五

我几乎一夜没合眼。第二天一大早，太阳还没从法尼群岛上升起，我们便去游泳。我边朝水里跑边甩掉身上的衣服。其他人也都学我的样子。海水冰冷，不过我们有一团熊熊燃烧的篝火，可以跑回来取暖。我们穿好衣服，把自己紧紧裹在毯子里，披上围巾，戴上帽子，啃着大块培根卷儿，喝着装在锡杯里的热气腾腾的茶。从一开始就一直有人在唱歌：不同的声音用低沉的气声合唱，不时爆发出狂野的嚎叫，然后一下跳跃到古老的边境民歌和泰恩赛德小调。退潮了，我们像小时候那样在礁石潮水潭里搜寻着。我把一只螃蟹从它石头下的藏身之处拽了出来，捏着它的壳，看它的腿和钳在空中挥舞。我把指尖塞进钳子里，它马上想夹我，我咧嘴一笑。一群海豹嗷嗷叫着，从海面上探出头来。

“你好！”我们欢呼，“你好，海豹！嗷嗷！你好！”

它们潜入水中，不见了，过一会儿又从另外一个地方浮出水面。它们再次回头朝我们张望，嗷嗷叫着。

“它们在回答我们！”我们大叫，“你好！嗷嗷！你好！你好！”

燕鸥在浅水上空飞舞，塘鹅在深水扎猛子。

迈克尔踮起脚尖，指着遥远的海面，大喊：

“海豚！看啊！他妈的海豚！那儿！还有那儿！”

我们赶忙也看，说看不着，然后又说似乎看到了，不过也可能只是形状像海豚的海浪？我们继续看啊，看啊。

“看到了！”我大喊，“快看那儿！在那儿！”

可迈克尔说它们已经走了，可能它们从来就没出现过。

有几家人在下面的海滩漫步。孩子们在浅海里踩水；涨潮了，海浪卷来，狗狗跳起来冲浪。

我们去给篝火寻找更多的燃料。

是安吉丽娜最先发现了沙丘里的蛇，她没有尖叫，也没有转身。我就在她身边，她蹲下来，轻声呼唤我：

“克莱尔！克莱尔！”

她扬起手，招呼我过去。只见她用手指按住嘴唇，睁大的眼睛里满是惊诧和警惕。

有两条，在滨草丛中的一条小路上蜷曲着，离我们只有两码远。

我屏住呼吸。阳光洒在它们身上，它们一动不动，闪着金光，身体呈铁锈棕色，背上是深色“之”字形花纹。

“蝰蛇。”安吉丽娜压着嗓子说。

“好想伸手去摸摸它们。”我说。

我向前探着身子，伸出手臂，安吉丽娜一把抓住我的胳膊。

“它们会咬人。”她说。

这时卡罗也过来了。

“不过不会致死。”他说。

“不会?”我问。

“毒性不够。够咬死一条狗、一只羊，不过咬不死咱们。咬不死你。”

“啊！快看!”安吉丽娜吸了一口气。

其中一条开始伸直身体，我们看到它轻吐着分叉的信子。卡罗跺了跺脚，另一条也伸直了。一条蛇游动着搭到另一条蛇身上，然后它们一起游进草丛，不见了。

我们凝视着它们留下的奇异的痕迹。我弯腰低下身，用手指轻抚着那痕迹。

“会有几十条，”卡罗说，“都是春天出来。”

“太美了!”我们喃喃道。

真美。太幸福了，居然能看到这么漂亮的生灵——一生大半在黑暗中、在泥土里度过，多么隐秘。

“真希望刚才自己敢摸它们。”我叹息着说。

海边，海浪在拍打沙滩，像是慌乱的鼓声。

“还有谁饿得发慌吗？”我问。

我们急匆匆地下了沙丘，往回走。我们用一块块白切片面包把装在锡杯里的热豆子舀起来吃。几乎一滴水都没有，没人愿意走到村里去要水，于是我们就喝啤酒和葡萄酒。迈克尔从沙丘那儿走回来，怀里抱着一堆篱笆条儿。他把它们撂在地上熄灭了的篝火旁，我们准备夜里再点。

好希望你在这儿，我给艾拉发短信。

我也是，她回道。

很美很荒凉，太阳照在身上。

好无聊，我在温书。冷。

有海豹和螃蟹，我们好像看到了海豚！

海豚！天哪，真希望我也能看到！

想象一下！

黑色的弧线在海浪中穿行。

我们还看到了蛇，艾拉！

蛇？离远点。你可一定要安全回来。

它们不伤人。你乖吗？

模范。他们说对我非常满意。

××××××××××××××××××××××

××××××××××××××××××××××

我又想写诗了。我向后靠在沙丘上，写岛屿似乎在漂浮；写整个世界就是一个漂浮着的物体；写思想就像海豚一样从我们内心深处跃出，令我们吃惊；写梦就像蛇一样。

“像海豚般跃起，诗歌，”我喃喃道，“像蛇一样爬出我的身体。”

山姆·辛德斯走过来，在我身旁坐下，手里拎着一瓶葡萄酒。他问是否可以看，我合上笔记本，说不。

“我有点喝多了，”他说，“我一直想告诉你这个，我觉得你很了不起。”

我哈哈大笑，咕咚咕咚地喝了两口他手里的酒。

“我是认真的，”他说，“你奇异，美丽。”

“那就给我唱首歌。”

“什么？”

“这就是歌曲的意义，赞颂奇异之美，令你觉得美丽的那个人陶醉。”

他笑了，开始唱一首自编的歌曲。

啊克莱尔你多么可爱，
啊克莱尔你多么甜美，
啊克莱尔啦啦啦啦啦，
你太好了，我想吃你。

我告诉他这歌不错，可以得到一个吻，于是我们伸出手臂环抱住对方，吻了起来。

我抽出身子。

“可别**真**吃掉我，山姆！”我打趣道。

说完我跳起来，跑到堆在湿沙子和干沙子之间的那团漂浮物那里。里面有一条条漂亮的晒干了的海带，几根绳子，还有渔网、贝壳、死螃蟹、塑料瓶、鹅卵石、几块光滑的玻璃和光滑的砖头。我动手拽出一些碎片，把它们在沙坡头上摆起来。我摆了一个人的形状。当然其他人也过来帮我把它弄得更好看些。我们摆了一个瘦长的人：用树棍当四肢，鹅卵石和石子当身体，用蟹壳、贝壳和帽贝装点一条条海藻，当作头发。

“女人还是男人？”安吉丽娜问。

迈克尔把一段球根状海带放在那儿当阴茎，我们欢呼，大笑。

我们把亮绿的海藻丢下去当阴毛，又拿了两块圆形鹅卵石当睾丸。

我们把他的一只眼睛弄成绿色的，另一只弄成蓝色的，用海煤当眼球。他躺在那儿，凝视着午后的天空。我们在他身旁围坐下来，唱着歌，喝着酒。有几个人又去游泳了。此时海水似乎更加冰冷，但我还是在水里待了很长时间，和山姆·辛德斯手拉手漂浮了一阵。汹涌的海浪把我们抛起来，又摔下去，抛起来，摔下去。他牙齿格格打战，伴随着海浪，为我唱着那首自编的歌。

回到篝火旁，我们跳起舞取暖。我们拿两块石头敲打着，当成鼓。我们在空中挥舞着晒干的海藻。我们弹吉他、吹哨子、打手鼓。我们捏着一小段儿草，用力吹，吹出尖利的啸声。我们把两只手对着，鼓起掌心，往里面吹气，模仿猫头鹰的叫声。我们尖叫，模仿头顶的海鸥；我们嗷嗷叫，模仿海豹。浪花翻滚，拍打着沙滩，沙子和鹅卵石都沸腾了。我们拉着手，围着篝火和那个男人跳舞。我们看着带着孩子和狗狗的那几家人慢慢放下脚步，有时甚至会停下来，看着他们返回远处。我们大笑。

“我们是野生动物！”我们高叫，“不过我们不会伤害你们！”

阳光照射下来。

“谢谢你，太阳！”我们叫喊着，“啊，你他妈的太热了！”

“这不是北方！”我们大喊，“这片海是地中海！这片土地是意大利！这片土地是希腊！”

整个下午我们都玩啊，跳啊，直到暮色将我们包围。

然后一切又都恰到好处地安静下来——此时的大地绚丽至极。沙丘上方是玫瑰色的天空，篝火冒的烟袅袅升起，归家的鸟儿掠过岩石和海面，大海深处一艘夜航船闪烁着灯火。大海黑下来，天空黑下来，海天一色。海上的岛屿也开始黑下来，朗斯灯塔的灯光开始来回扫射。一弯镰刀似的月亮挂在天上，细细的，好似一道剪下来的指甲。星星出来了。夜色深沉起来，星座也看得见了。我们都知道最简单的那几个——大熊座和小熊座——很快就叫出来了。卡罗找寻着，又告诉了我们其他几个。

“俄里翁，”他说，“猎户座。阿里阿德涅的花冠，北冕座。还有，哦，大犬座。看，那儿，那儿还有那儿。”

“你他妈什么都能看见，是吧？”

“是的。那些星星看起来连成一片，其实毫不相干，都是我们想象出来的，编了那些古老传说。那是天鹅座，看到了吗？那只天鹅都在天上飞了十亿年了！”我们抬头凝望着宇宙，试图勾勒出这些星座的形状。一会儿说看出来了，一会儿又说看不出来。

“那是天琴座，瞧，里拉，它最明亮的主星是织女星。顺着琴弦一直往下的是渐台三和渐台二，看到了吗？”

安吉丽娜拨弄了几下吉他琴弦。

“没有，”她说，“不过我能听到。听到了吗？”

“听到了！”我们异口同声地说。

我们默默地坐着，惊奇地凝望着夜空，仿佛那个星座真的在为我们弹琴。火苗蹿起，余烬明灭。火光映着我们的面庞，当我们彼此相视时，眼睛不由得睁大，却什么也没说。仿佛我们成了一个整体，我们所有人变成了一个。

我想到我那个困在逼仄的家中的朋友。

艾拉，你真该在这儿。

我们喝了带来的啤酒和红酒。

当夜幕在我们周围降临，当一切都黑黢黢的，当星星开始闪闪发光，我们又开始狂歌乱舞，嘴里高喊着我们的青春、我们的自由、我们的快乐，它们随火苗一道，升腾进了北方的夜空。

我们又开始唱起来，和昨晚一样。

魔鬼，魔鬼，我们藐视你！

魔鬼，魔鬼，我们藐视你……

我们大胆地唱，勇敢地唱，慢慢轻下来，越来越轻。

那晚山姆和我一道进了我的帐篷，即使在那个时刻我还是想着她。

艾拉你真该来。

他睡着后，我给她发短信。

你真该在这儿，太美了。我们做了个人。我们在星星下面跳舞。

凌晨三点，我还以为自己睡着了。

睡吧，梦到我。梦到你自己也来这儿。

××××××××

××××××××

六

天刚破晓，帐篷附近便传来音乐声。我看了看表，六点，太早了。几乎又彻夜未眠。头疼，口干。我把睡袋扯过头顶，闭上眼，想再寻睡意。山姆在我身边挪动了一下，鼾声响起。音乐还在继续。

“别弹了！”我真想大吼，“见鬼，这才几点啊。”

接着我听到一个中性的声音在和着琴弦歌唱，夹杂着呼吸声，曼妙动人。

从未听过这曲调，从未听过这歌词，从未听过这声音。

我推了推山姆，轻声喊他。他蠕动了几下，没醒。

海面无声无息，帐篷外一丝风也没有。

我悄悄钻出睡袋，套上衣服，朝帐篷外爬去。

海平面上燃烧着一抹闪烁的红霞，太阳即将升腾而出。我爬了出来，打了个激灵：帐篷口的沙地上有几条蛇爬过的痕迹。我直起身，便看到了他。他坐在沙坡上，正对着下面沙滩上那个用各种漂浮物摆成的人形。他并未扭转身看我，只是面朝大海，继续弹啊，唱啊。

“嗨！”我打了个招呼。

没有回应。

他继续唱啊，弹啊。我顺沙丘滑下，来到他身旁。别人也都跟来了——卡罗、安吉丽娜、迈克尔、玛丽亚。

“天哪！”玛丽亚在我旁边深吸了一口气。

“这**家伙**是谁？”迈克尔问。

“这他妈的是什么**歌**？”

我们不敢靠近，像是被吓着了似的。我们就在那里倾听，有人站着，有人蹲着，有人跪着……他上身穿着件破破烂烂的紫色外套，脚上蹬着双古旧的蓝色马丁靴，脖子上系着条薄薄的红色丝巾。长长的黑发用一根缎带束起，下巴上一层软软的黑色胡须。深蓝色的眼睛，接近乌黑。很难看出年龄，也许比我们稍微大点儿。

他扫了我们一眼，仅此而已，然后继续弹唱，歌声更曼妙、更炽烈。

太阳升了起来，金色的光芒洒在他的脸上。

歌声愈发甜蜜、炽热了。

其他人也都从帐篷里钻出来，滑下沙丘，来到海滩上。他的歌声依然甜美、热烈。

我们不由自主地纷纷惊叹。

“哦，老天！”玛丽亚又深吸了一口气，“哦，**听啊**！”

接下来我们唯一能做的便是吸气、叹息了。

歌声像是从梦里走来，像是从灵魂深处走来，像是从一个我们当中无人相信、无人去过的地方走来。

我知道这样做略显愚笨、不合时宜，但还是把手伸进口袋，拨了她的号码。

“嘘，听——”我耳语道。

我举起手机，对着他。

“哦，老天！”我看见鸟儿从天空俯冲下来、落在沙滩上；看见海豹把头探出海面，还用眼角的余光瞥见几条蝰蛇正沿沙地朝我们爬来。我深吸了口气。

“艾拉，”我压低声音说，“连**蛇**都在听。”

七

他谁都不看，不正眼看。眼光一与别人相遇，就赶紧挪开。过了一会儿，他把吉他放了下来。吉他？不完全是。那玩意儿看起来有点笨重，一看就是自己做的。一块木头，琴颈，琴弦，还有几个用来紧弦的旋钮。好像是用浮木、废木做的，随便什么木头。可他轻轻一弹，它便唱起来，那么甜蜜，那么深沉，就连最粗的琴弦发出的当当声都那么好听。无论乐声听起来多么飘渺、空灵，那几根粗弦都能把它收住，拉回地上来。粗犷与甜蜜共鸣协奏，就像身体与灵魂，大地与天空。还有他的声音，像远在天边，又像近在眼前，像远古的回声，又像最新潮的音乐。我居然能这样说？短短几个月前我还不会说这些话呢。

最终，他把乐器放下来，放到身旁的沙地上。

手机还贴着我的耳朵，可是没电了。艾拉跑了。

“我听到你们的叫嚷声了。”他说。

他的声音跟我们的没什么两样，北方口音，可他每次说话都要舔一下嘴，仿佛双唇还不习惯吐出这些词来。

“晚上听到你们了，”他说，“所以我就来了。”

“你是谁？”安吉丽娜问。

他的脸上笼罩了一层乌云，仿佛这问题令他烦心，他没回答。

先前聚集的鸟儿飞走了，海豹跃回海中，不见了。我回头望去，沙地上除了滑行的痕印，什么都没有。

他伸出手，摸了摸那个漂浮物扎成的人。

“不错。”他说。

“你想吃点什么吗？”卡罗问，“我们都还没吃呢。”

“好。”

他盯着卡罗重新升起火，然后打开一罐熏肉。

“不是这个，”他说，“来点面包，再来点那个。”

“苹果。”

“好。”

“香蕉要吗？”

“好。”

他盯着我们看，仿佛我们是幽灵，仿佛不能确定他能看见我们。

“你们是谁？”他问。

我们告诉他自己的名字。

“你从哪儿来？”我问。

他朝沙丘，朝沙丘后面遥远的切厄维特山转过身去。

“那边。”他说。

我们说了几个小镇的名字：阿尼克、罗伯斯里、伍勒、福特。

“不是，”他说，“我到处流浪。弹琴，流浪。这是哪儿？”

“班堡海滩。”我说。

他咬了一口面包，然后望向大海，望向岛屿。

“哦，对，”他说，“我想起来了。”

“你能再弹一次吗？”安吉丽娜问。

“行。”

“你能教我怎么弹吗？”

他耸耸肩。

“当然可以。”

他又抓起乐器，弹了一些曼妙的音符。

他看了看手中的乐器，仿佛自己也觉得挺不可思议。

“我叫俄耳甫斯，”他说，“对，俄耳甫斯。”

他又开始弹唱起来。

八

也许那天我们疯了，也许有些事情似乎发生了，其实根本没发生。也许后来那几天、那几星期发生的很多事情，其实也没发生。也许这都是因为我们年轻，因为年轻就意味着疯狂。也许人，不管多大，都有点疯狂。

也许我们做得最好的事，我们成为了最好的人，都是疯狂的结果。

他弹啊唱啊，动物又都回来了。鸟儿、海豹、沙丘里的蛇。这一回当迈克尔惊叫“海豚”时，我们真的看到了海豚，我们看到它们又回来了，又回来了。我们看到它们游向岸边，优美的弧形划破海面，在空中扬起一道道曲线。潮水上来了，涨潮时，海面似乎异常平静。浪花没有拍打在沙滩上，只是轻轻掀起，仿佛大海也有耳朵，也来倾听。鹅卵石和沙子随浪花翻滚，也随俄耳甫斯的歌声翻滚。

都是胡扯？也许吧。谁知道呢？也许都被记忆扭曲了，但我知道那天我们看到了什么。我知道我们的感觉，就像受到了祝福，像真正成为了我们自己，像被爱。

我看到安吉丽娜和玛丽亚看他的眼神，燃烧着欲望。我看到詹姆斯着魔了，已经陷进去了，陷进去了。我看到迈克尔和山姆的欲望又被重新唤醒。

我们与俄耳甫斯一道唱着，可在他怪异美妙的旋律下面，我们的声音气若游丝。安吉丽娜与他一起弹奏着。我们敲着棍子、石头和鼓，当打击乐。我们摇摆着身体。浪花朝我们扑来，我们舞动着，我们忘却了自己。我们已不在此处，我们已经不是这个海滩上有着那些名字的人，我们迷失在音乐中，我们消失了。

整个一上午，我们都是这个样子。

俄耳甫斯停了下来，摇摇头，笑了，仿佛他和我们一样惊奇。他把乐器举到自己眼前。

“天哪！”他说。

“这是什么？”安吉丽娜问。

“这个吗？”他说，耸了耸肩，“是里拉。”

他凝视着它，眉头皱了起来。

“对，就是它，”他说，“我的里拉。”

安吉丽娜动了动，好让自己紧挨着他。

她伸出手，碰了碰琴弦。琴弦丁当作响。

“你自己做的？”她问。

“我哪里会，别人给我的，很久以前了。”

他把它递给她。

“我该怎么弄？”她问。

他耸了耸肩。

“拨弄拨弄就行。”他说。

她又试了一下。

当，当，当。

“用这个。”他说着，指了指她的吉他。

“那个很普通。”她说。

“这个也是。”

一头海豹从海里探出头来看了看，又跳回去了，俄耳甫斯哈哈大笑。

“蠢东西！”他说。

他学了一声海豹叫，太像了。那头海豹也叫了几声回应他，然后钻到海里去了。

“不要太用力，”他对准备开始弹吉他的安吉丽娜说，“你知道怎么弹，弹就是了。”

她拨弄出几个音符。

“继续，”他说，“好多了。对，听到了？”

是的，确实好多了，比我们从前听她弹的好听多了。

“这就对了，”他说，“和呼吸差不多，你可以走了。”

他没理会，甚至可以说根本没注意她弹琴时看他的眼神。他没看到卡罗在出神地凝视他，他没听到玛丽亚在叹息。他还在笑那头消失的海豹。

“这一切我全都忘了，”他好像在对自己说，“可是一直都还在。”

他站起身，走到海边，脱下靴子，在及脚踝的水中淌着，双臂张开，似乎很享受。

迈克尔开了一瓶白葡萄酒，传给大家，每个人都咕咚咕咚喝了几口。酸酸的，咸咸的。玛丽亚说渴得受不了了，想喝水，可谁都知道没人想去找水，现在不行。我们大口大口地喝着酒，传着酒瓶。安吉丽娜还在弹。吉他声更甜蜜，更浓烈。她痴痴地望着俄耳甫斯，仿佛是专门弹给他听的。

“别弹了！”卡罗冷不防来了一句。

“什么？”安吉丽娜问。

“吉他！你不过是在抄袭他罢了。”

“我没有，一点儿都不像他，根本不可能像他。”

“对，是。**当然**不可能像他。”

他朝沙地上吐了口口水。

“你们这帮人什么毛病？”他说。

俄耳甫斯回来了，满脚的沙子。

“那我走了。”他说。

“什么？”我问，“去哪儿？”

他耸了耸肩。

“到处流浪呗，”他说，“这里，那里，各个地方。”

“你总不能就这样……”安吉丽娜说。

“就这样什么？”他问。

他坐下来，掸了掸沙子，套上靴子。他看了看靴底，微微一笑。

“它们可真跑了不少路了。”他说。

他拿起自己的乐器。

“再给我们弹一段。”玛丽亚说。

“呃？”

“就弹一小段。我们从没听过这种东西，俄耳甫斯。”

“没听过？”

“没有。”我说。

他望向远方——向北，望着古堡；越过大海，望着海中的岛屿；沿着宽阔的白色沙滩向南望；向西望，沙丘后面，是切厄维特山。

“我不晓得，”他说，“我想……”

他叹了口气，不忍心说下去了。他拨动起琴弦，烦躁不安顿时烟消云散。大海静谧下来，我们静谧下来。他唱啊，唱啊，唱啊。如果有什么办法能把音乐变成文字，我一定会这样做。如果能有什么办法填满文字与文字之间的缝隙——用他的声音、大海的声音、飞鸟的声音、沙丘草丛中微风拂过的声音、鹅卵石滚动和黄沙飞舞的声音——我一定会这样做。他弹，我们听，我们感觉仿佛焕发了新生命，又有一种濒死的感觉。在这如醉如痴的时刻，我居然有工夫想到了艾拉，我连忙掏出手机。奇怪，又有电了。我拨了她的号码，把手机举起来，这样她能听到他弹奏。

“嘘，听。”没等她开口，我便悄声说。

他还在弹，还在唱。他看到了我举着的手机，笑了。

“是谁？”他问。

“我的朋友。”我挣扎着说出口。

“她怎么没来？”

“他们不让。”

“**他们**！”

他靠过来，把电话从我手中夺过去，咧嘴一笑，用嘴唇对着它。

“你真该来，”他说，“别理**他们**。”

说着他对着手机就唱了起来，声音醇厚、甜美、沁人心脾。

我想着她，在她那座烦闷局促的房子里，陪伴着她那烦闷局促的父母，俄耳甫斯的声音将她托起，远离了所有的烦闷和局促。

“你是谁？”他问。

他又问了一遍。

“你是谁？”

他又唱起来，紧闭双眼，嘴唇紧紧贴着手机，仿佛想把自己和声音一道塞进去，塞进艾拉的耳朵里。艾拉，那个美丽、爱做梦的艾拉。我想象着她现在的样子：电话贴着脸颊，比以往任何时候都恍惚，迷失在音乐中，和我们一样，灵魂出窍了。

我想象着她的沉默。

俄耳甫斯笑了起来。

“跟我们说话！”他说，“告诉我们你的名字。”

我仿佛听到了她在艰难地作答，那如梦似幻的喃喃声。

“艾拉 · 格雷，”他说，“好，再说一遍，艾拉 · 格雷。”

他认真听着，然后轻轻一笑。

“这首歌献给艾拉 · 格雷。”他说。

说着，他压低嗓子，对着电话、对着远隔千山万水的艾拉唱了一首低沉、甜蜜的歌曲。

之后便是沉默，他的脸色似乎阴沉下来。

“再说一遍你的名字。”他柔声说。

“对，”他叹了口气，“就这样，艾拉。”

她说的时候，他在叹息。他又意犹未尽地唱了几句。

然后把手机放进我手里。

“她叫艾拉 · 格雷。”他轻轻地说。

“是的，艾拉 · 格雷。”

“她一定很美。”

“是的。”

他闭上眼。

“我看到她了，”他喘息着，“老天，就在那儿。”

说完他把里拉琴甩到背上，转过身，朝沙丘走去。

“俄耳甫斯！”玛丽亚大喊，“先别走！”

他转过头来望了我们一会儿，然后举起手，背后是明亮的晴空。

“别跟着我，”他嘱咐道，“我会找到你们的，你们也会找到我。”

“怎么找你？”我问。

“我们别无选择。”

说完他走了，我们还是跟了他一阵儿。我们来到沙丘顶上，看到了他的脚印，看到了蛇爬过的痕迹。我们望着远方，他的黑发在飘扬，紫色的外套时隐时现。突然我们不确定是否真的看到了他。在那儿！我们喊着，就像之前看到海豚那样。还有那儿！然后便什么都不见了，沙丘还是那堆沙丘，田野还是那片田野。清风，大海，一片寂静。

俄耳甫斯继续漂泊，他走了。

我对着手机轻声呼唤：

“艾拉。”

手机没电了。

艾拉也走了。

九

下午，海面上云团骤起。一阵阵雨在阳光的照射下，飘落在法尼群岛上，海面上愈发波涛汹涌。卢克和罗琳拿着空酒瓶到班姆伯格村去要水，他们在村里主街公厕外面的饮水处把酒瓶装满水。警察看到了他们。

“你们是谁？”他飞快地问。

“在**这儿**干什么？”他根本没容他们回答。

“你们是不是在海滩上闹事的那群家伙？”

他拿出笔记本，记下他们的名字。

“还不到十八岁，对吧？”他问，“你们怎么喝酒？你们以为自己是谁？”

他把酒瓶子没收了。

“该干什么干什么吧，我们可不想在这儿看到你们这种人，正派人可不想让一群疯疯癫癫的城里人打扰他们的安静生活。”

“明白？”他问。

他们点点头。

“你们赶紧走吧，我明天会带上警犬去那儿，我不希望看到你们的踪影。”

他们带着几瓶柠檬水回来了，我们分着喝。我们让篝火一直燃着，吃了些豆子和面包。

安吉丽娜弹着她的吉他。

“真奇怪，”她说，“我怎么可能在这么短的时间内进步这么大？”

卡罗瞪了她一眼。

“这叫练习，咱们一到这儿你就抓着那个鬼东西练个不停。”

她转过身用后背对着他。

“咱们怎么办？”迈克尔问，“他们不会真让我们收拾东西走人吧？”

“咱们又没伤害任何人，对吧？”玛丽亚说。

“咱们坚持住。”安吉丽娜说。

卡罗从鼻子里哼了一声。

“坚持住，你以为你是谁？切 · 格瓦拉？”

我们喝了红酒和啤酒，我们跳舞、跺脚。我们发现自己嘴里喊着俄耳甫斯的名字——也许只是感激他给我们带来的一切，也许是想试着没准能把他叫回来。“他干吗就那样走了？”安吉丽娜问。卡罗吐了一口口水说：“他就是个投机分子。他在跟咱们玩神秘。”

“不是，”詹姆斯说，“他可没这么简单。”

卡罗咧嘴一笑。

“哦，是吗？”他说，“看来他男女通吃。”

詹姆斯脸红，骂了几句，望向别处。

“你们觉得他会不会再次找到我们？”安吉丽娜问。

“他今天会找到我们的，”玛利亚说，“他说听见了我们的声音，就过来了。”

“俄耳甫斯！”我们高叫。我们学海豹嗷嗷叫，学海鸥尖叫，然后被自己疯疯癫癫的样子逗得哈哈大笑，但我们的笑声中有激情。我们想让他回来，想听到他的声音，想看到他。“俄耳甫斯！”我们朝着暗下来的天色高喊，朝着我们内心深处的渴望高喊，“俄耳甫斯！”

夜里，我们凝望着天上的星座——云团掠过，它们时隐时现。我们寻找着天犬座、天鹅座和天琴座，仿佛它们可以将俄耳甫斯送到我们身边。我们看不清楚，但卡罗不愿帮我们。我们朝着镰刀般的弯月高喊着。朗斯灯塔的光洒在我们身上，洒在我们身上，将我们从暗处带到明处，从暗处带到明处。没多时，一阵细雨飘来，落在余烬上，嗞嗞作响。

那天晚上我又和山姆睡在一起。我们做爱的时候，雨点噼里啪啦地打在帐篷上。他太笨拙了，由于常年去健身房，他的肌肉似乎过于结实，过于威猛。我清醒地躺在那里，听着雨声，我从来没有像现在这么渴望艾拉能和我在一起。我想跟她说话，跟她睡觉。一想到她，我心里突然有种奇怪的不安。要是发生了什么事怎么办？要是我回去找不到她怎么办？我告诉自己不要犯傻。可是万一呢？我问自己，她要是不见了怎么办？

我的耳边一直回想着俄耳甫斯给她唱的那首歌，太美了。可是我此时耳畔响起的那些深沉的曲调、那些曲调中的忧伤，究竟在诉说什么？

拂晓时，一想到她，恐惧令我浑身颤抖。

山姆醒时，我已经开始整理行囊了，他嘟囔了句什么。“我要回去。”我说。

“现在？”

“对。”

“为什么？”

“不为什么。”

“可这太棒了！”

“是吗？”

“你的帐篷怎么办？”

“湿了。你还在里面，可以给你。如果你愿意，可以把它带回去，也可以留在这儿。”

“克莱尔！”我离开时，他喊着我的名字，可我没有转身。

天空布满了云团，低低飘浮着。大海灰蒙蒙，岛屿黑魆魆。篝火的灰烬已被雨水淋湿，乌黑的一堆。我走过那个用漂浮物搭成的男人，沿着海岸和岸边的漂浮物急匆匆地走着。漂浮物中有一只被冲上岸的死海豹。不知何处响起了呜呜的雾角，灯塔的光依然在闪烁，不见，再闪烁。我从城堡的围墙下走过，进了村庄。一辆公交车正停在星辰旅馆外面，发动机突突突地响着，我跳了上去。

“单程。”我说。

“去哪儿？”

“你想去哪儿？”

“阿兴顿。”

方向对。

“走吧。”

司机的眼睛转动了几下。

我们向南驶去。我们穿过锡西豪斯，那里有娱乐城的拱廊、薯条店、龙虾锅店和条条渔船；我们经过直插天空的邓斯坦堡犬牙交错的废墟；我们经过波莫村飞机场，经过那里的防护墙、摄像头和警示标志，然后我们转向内陆，驶过诺森伯兰老煤田。我看到了废弃的煤矿、煤堆、封死的矿井。我身后有个老人先是呼哧呼哧地喘息，然后咳嗽出来，用手绢捂住了嘴。有个小孩在唱“公交车的轮子转啊转，转啊转，转啊转”。一切都是那么普通，那么平淡无奇，可我的内心却被一种莫名的喜悦和恐惧搅动得翻江倒海。雨点打在车窗上。田野里，雨水积成一个个小水洼；路边，雨水流进下水道里。我掏出笔记本，想写点什么，却发现我的手似乎自己在动。文字在我的笔端流淌——越过莫名的恐惧、越过老人的咳嗽、越过雨水和灰色的天空，它们在动，在诉说这一切是多么美：经过的一切，每件平凡的小事——一滴雨水从车窗滑落，窗户胶条上的一条小裂缝，我手背上皮肤的纹路，公交车转弯时尖利刺耳的吱吱声，在微风和细雨中垂下头来的树木，汇成一道道小溪流的雨水，我怦怦跳动的心，这些流淌的文字——所有这一切，一个片段连缀着一个片段，是多么神奇，多么值得赞颂。

这个世界，我写道，**和世界的一切，都是一首奇妙的歌。我们要做的就是他妈的唱出来。**我放声大笑，那个孩子的歌声也更大、更甜蜜。

我转过身，夸奖着他。他的妈妈警觉了：这是谁，这个古里古怪、邋里邋遢、写个不停的丫头？还转过身对着她可爱的孩子？不过也许她看出我特别开心，因为她很快便放松下来，微笑着，拍着她的宝贝的手说：

看，这位女士觉得你唱得特别棒。

在阿兴顿城外的一个公交候车亭里，我望着眼前的雨帘，又动笔写了起来。都是一些没什么太大意义的事情：不过是一些东西的名字，我发明的一些文字，想象的一些文字和像鸟一样在一页页间翩然飞过、像水一样在一页页间流淌的文字。

旁边有家煤炭博物馆。我朝它望去，矿井上方的轮子开始转动。多少年前它一定也是这样转啊转，把采矿的男人和少年放到地下深处的矿里去。一想到这个，我不寒而栗。想到地面上坑坑洼洼地布满凹洞，想到我现在脚踩的下面很深的地方当年便是隧道，想到地球上遍布这样的隧道，我开始发抖。我看了看脚下的地面，仿佛看到的只是一个幻影。地面随时会塌陷、裂开，我会从路面上的坑、污水池的下水口坠落到久已无人进入的空间内。想到那里面的黑暗和危险、想到地下那个世界曾发生的死亡事件，我写不下去了。对艾拉的焦虑如潮水般袭来，我又开始颤栗、发抖。我将目光从轮子上移开，强迫自己继续写下去。写她的名字，就像我正在呼唤她一样，就像我正在歌唱她一样。**艾拉，艾拉艾拉！**写我周围世界的美。让文字唱歌，让艾拉和世界生动。文字可以将我从黑暗与恐惧的世界拉回亮处。

就在这时一辆公交车咔嗒咔嗒地停在我面前，我费劲地爬了上去，它又把我带回到了泰恩河的方向。

十

我径直去了她家，那座坐落在泰恩河河岸坡地上的四四方方的灰色房子。她妈妈开门让我进去。

我知道一切都很正常，她的脸上还是笼罩着那副看什么都不顺眼的样子。

“你回来得真快。”她那薄薄的、撅起的嘴唇里挤出了一句话。

她让我意识到我的样子有多窘迫：脸上有灰，头发里有沙子，身上一股烟火味儿，嘴里冒着酒气。

“看来她幸亏没去，对吧？够你受的，是吧？”

“非常有意思，格雷夫人。”

“现在还这样想？她在楼上学习，如果你想见她的话。”

“谢谢。”

“别待太久，她在写期中论文。你也需要洗个澡，睡一会儿。”

我走进艾拉的房间，她抱住了我。

“她是不是对你特别凶？”她问。

“没有。”

“你怎么这么快就回来了？”

我耸了耸肩，“下雨了。”听上去挺可怜的。

“不是说要把诺森伯兰郡变成希腊吗？”她说，“不是要把托斯卡纳带到北方吗？”

我又耸了耸肩。我**为何**要来？我为什么没立刻转身，现在就回去？那样容易多了。

“我想你了。”我说，又是一副可怜样。

她莞尔一笑，抱住了我。

“我也是。”她说。

我拿起她的文章。

《论约翰 · 多恩〈神圣十四行诗〉中世俗之爱与神圣之爱之间的关系》。

我又把它放下来，哈哈，这种问题我得花一两个礼拜才能回答出来。

“我担心你。”我咕哝着。

“担心？我？”

“是啊。”

“真傻！”

“我以为发生了什么可怕的事，或者将要发生，或者……”

“我不在这儿吗，一切正常，跟以前一样，艾拉 · 无趣的 · 格雷。”

她笑了起来。

“你呀！”她说，“想象力太丰富，你就是这个样子。”

我叹了口气。我，我和我那些愚蠢的焦虑。我坐在床上，望着墙上她的照片。她两岁，穿一件明亮的白色裙子，那是领养她那天。格雷先生和格雷夫人都穿着灰色衣服，弯下腰，握着她的手，仿佛想一直一直把她握下去。另一张：第一天上学，她穿着一条红色格子裙，头发梳成发卷儿，背上背着书包。还有我和她的合照，我们俩的腿绑在一起，参加学校运动会上的二人三足项目。平常的照片，那种我家里也会有的我的照片。靠墙有一面书架，墙上挂着几张海报，十来种化妆品，iPOD，CD 播放器，装了笔的笔筒，几只脏兮兮的咖啡杯，摊了一地的衣服，这所四周是泰恩塞德、有河流流过的小房子。再普通不过，再普通不过。

格雷夫人在楼梯上叫了起来。

“艾拉，别忘了今天要交作业！”

“她想让我走。”我说。

“听着，”艾拉说，“她说要是我认真学习，下次我应该能去。”

“太棒了。”

“是的，所以千万要对她好，这有好处。”

“我试试吧。”

她看了我一眼，然后突然咯咯笑起来。

“嗯，”她说，“咱们要不要谈谈那个？”

“哪个？”

“你去了以后发生的那件**神奇**的事。”

“神奇的事？”

“别玩**游戏**了，克莱尔，当然是他！”

“俄耳甫斯？”

“对！俄耳甫斯。”

“可那不过几分钟，几秒，几……”

“对！可你自己亲口说太难以置信了。”

“是的。”我叹了口气。

她抓起我的手。

“我从没听过这样的东西，可一听就感觉特别熟悉，好像已经听了**一辈子**。”

她使劲捏了捏我的手。

“你肯定也感觉到了。你感觉到了，对吧？”

我看向别处。“是的，我们感觉到了。”

“想想那是什么感觉？抓着电话，听，想象你和他在一起，想象他和你在一起，听到了那首歌。”

“你**到底**把他想象成了什么样子？”

“呃。”她咧嘴一笑，那种梦幻的表情又来了，“金发，四肢颀长，浅色的宽松衣服，清澈的蓝眼睛……”

“完全不对版。”

“哦，好吧。我从来就不是个会想象的人，对吧？”

“克莱尔！”格雷夫人高叫，“时间真的到了！”

“他还在那儿吗，跟别人在一起？”艾拉问。

“他走了。”

“会回来的，对吧？”

“他说他会。”

“他会来找我。”

“是吗？”

“当然，他必须来。可能是下次我们去海滩的时候，也可能会提前。他不可能像那样对我唱歌，然后就再也不唱了。去吧，回家吧，听话，咱们以后再疯。”

她领我走向前门。

“睡个好觉，”她悄声说，“梦到他。”

吻，咧嘴笑。

“想想看，”她说，“你要是没打电话，我就什么鬼东西也听不到了。”

“对。”我说。

咯噔，我的心一沉，接着又**咯噔**地一沉。

“对。”我说。

吻，吻，**咯噔**。

十一

那星期只有卡罗一个人回来了。有天下午我在街上看到了他，我冲他挥挥手，可他却转过身去。其他几个人都没回来，然后某一天他们便三三两两地出现了。

我们在克卢尼外面的河畔草坡上集合。

“你怎么走了？”他们问我。只是一场风暴，太阳又出来了，和之前一样耀眼。大海平静下来，所有东西都晒干了。哦，对了，警察牵着警犬来了，不过这回态度和善了许多。他说可能的话我们最好能离海滩，离那家家户户的人远点儿。他说他也不想煞风景，他自己也有过年轻的时候，信不信由你。没准能跟我们讲讲他自己在班姆伯格海滩上度过的夜晚呢。呵呵，你懂的。迈克尔抓了一条鱼，我们在篝火旁垒起石头，把它烤着吃了。意大利面和西红柿顶了好几天。我们在维多利亚酒吧待了一晚上，安吉丽娜弹好听的吉他，我们和着唱歌，有人买饮料给我们喝。卡罗？对，他受够了，说我们是一群笨小孩，说安吉丽娜更爱的是她那把鬼吉他，而不是他。他让我们赶紧长大，后来索性离开我们自己走了。从盖茨黑德来了一群小孩，他们和我们一样，有精神追求，阳光。他们带来了葡萄酒，刚好我们自己的快喝光了。他们有一支笛子、一只六孔哨和两把吉他。哇，我们简直鼓乐喧天！夜夜笙歌！俄耳甫斯？没，没回来，再也没见到他，可有时候感觉他好像还在我们中间。我们跟盖茨黑德那帮孩子讲了他的事情。我们说如果你使劲听，能听到他在什么地方歌唱，于是我们全都闭上嘴，认真听，不一会儿我们就开始喃喃自语。对！真他妈的对！那儿，那儿，还有那儿！就连盖茨黑德那帮孩子都听到了他的歌声，尽管他们从未与他谋面，也从未听过他的声音。对，我们都喝醉了，光是在那个地方就把我们点燃了，不过我们听到他了，克莱尔，听到他夜里在唱歌，俄耳甫斯。这怎么可能？哦，上帝，太神奇了。哦，上帝。你真该**留下**，太棒了，一切都是他妈的我们想要的样子。我们太**自由**了，可你却不在那儿……

现在，即便我和他们一道待在克卢尼外面，我依然感觉自己不在那儿。我想和艾拉在一起，只和她一人，可她却喜欢和别人待在一起，不管和谁在一起，不管做什么事，她都不用太累，因为她是可爱的爱做梦的艾拉，她只要一直唱、一直做梦就行了。好像压根就没**她**这个人，好像她**什么**都不是，只是一片虚空，等着被什么东西填满，随便什么都行。

我也好像什么都不是，我也好像在等待什么。不过也许这就是青春的模样。身体里有各种各样奇怪的力量，可是却感觉不满足，空落落的，使不上劲。感觉所有重要的事情都离自己好远，一百万里远，一百万年远；是的，它们可能会来到你身边，但也可能不会，真要命。仿佛天上的星辰那样遥不可及。什么都不会发生，不会。你也将一事无成，就这样。我想让自己停止胡思乱想。我想和其他人一起唱歌，不用刻意想着自己要和别人一起唱歌。我想像宁馨儿般的艾拉那样唱歌。

我跟山姆还是老样子。我在他家过了几夜，这没什么大不了的，他爸妈似乎也不太介意。我好想像他那样去爱一个人。

用力用力用力！啊啊！太棒了！睡觉。

可你已经是这样的人了，还怎么变成你想要的样子？我努力让自己学习，写论文，我努力地思考多恩和弥尔顿，写关于他们的文章，好忘却自己。可我的思绪和文字却不停地滑啊，溜啊，跑啊，最终回到艾拉身上，回到俄耳甫斯和艾拉身上。他们已经纠缠在我的脑海里了。

“你没事吧？”妈妈有一天问。

假期几乎要结束了。

上学的日子逼近了，我卧室里堆了一堆未完成的功课。

“没事。”我说。

“跟你闺密也都挺好？”

“嗯。”

“山姆呢？”

我耸耸肩，点点头。

“好。”

她微微一笑，我猜她知道我跟山姆走到哪一步了。

“那怎么还这么闷闷不乐？”

“不知道。”

“不知道！老天，看看年轻人在怎么挥霍青春！”

她拥住了我。

“你，女士，”她说，“把一切太当回事了。你还**年轻**，享受**年轻**的样子吧。再也回不来了，你知道的。出去吧！自由自在！”

“我得工作。”我说。

“工作？”

“那些论文，妈妈。”

“论文！你写得太累了。如果我能说了算，从春天到秋天都不要上学。哪方面的论文？”

“爱情。”

“什么？”

“我得写关于爱情的论文。”

她绝望地挥了挥手，然后放声大笑。

“老天，难怪！让年轻人**写**爱情文章有什么意义？他们应该去**做**才对！”

十二

艾拉对我施以援手。是的，她是爱做梦，可她做功课很有一套，不费吹灰之力。她无法理解我们这些人受的罪。如果要求写一千五百字，你就得写一千五百字，就得一个字接一个字再接一个字地码，你得说卡拉卡托先生认为你该说的那些话。不用想太多，也不要期望太高，按时交作业，最后得了个 B 或 C，偶尔也会得个 A，不管卡拉卡托先生和你爸妈怎么叨咕，这都已经是烧高香了，总不能把宝贵的精力浪费在得 A 上吧？这样简单的事，干吗大惊小怪？干吗压力重重？

她按时完成了自己的功课，然后来到我房间，帮助我。她坐在我床上，我坐在自己的小桌旁。

“写吧，克莱尔，”她说，“没人这么写过，所以你就写吧。”

她磨着指甲，哼着小曲儿。

“顺便说一下，格雷夫妇现在已经完全在我的掌控之下了。”她说。

“真的？”

“真的。我给他们看了四篇文章，都是整整齐齐打印出来的，都装订好了，有扉页，有字数，每一篇都清清爽爽地放在独立的透明塑料文件袋里。他们就喜欢这种东西。**《世俗之爱与神圣之爱》，艾拉 · 格雷的论文，1523 个字**。他们喜欢得不得了！我给他们念了一段，关于天籁之音和柏拉图的‘理念论’，全是胡说八道。有印象吗？就是卡拉卡托发的讲义上的东西？不管怎样，他俩完全被我侃晕了。‘啊，艾拉，太棒了！你怎么会懂这些东西？看，只要认真，你什么事都干得成。啊，我们真为你骄傲！’”

我告诉她我也为她骄傲。

“哈！接着他们又开始忆旧。这时候我总是想要什么都可以得逞。他们又开始翻老黄历，就好像我以前从没听过似的。深冬放在医院台阶上的篮子里的婴儿。他们怎么一下子就激动起来，他们怎么冲到领养处的。所有的面谈，所有的折磨，所有的祈祷，所有的期望，所有的表格。但这一切都太值了，因为，看看这位漂亮、阳光明媚的年轻女郎，看看这两位幸福满满的爸妈！他们拿出相片：篮子里的我，他们怀抱中的我，旁边围着护士和医生，还有一份从《故事报》上剪下来的剪报：《谁忍心抛弃这么可爱的小家伙？》。”

“是的，”我说，“谁**忍心**抛弃你这样的小家伙？”

她耸了耸肩。

“不管怎样，”她说，“看样子我下次能去海滩了，看样子我又可以在你那儿过夜了。”

“真的？”

“真的，看到写完论文的好处了吧？那就赶紧写吧。”

我盯着眼前那张空白的纸。

“你觉得自己能查出来吗？”我问。

“呃？”

“谁把你放在那儿的？他们为什么把你放在那儿？”

“现在还不知道，”她说，“不过我上街老是盯着人看，心想没准是她，也可能是那边那一对儿。不过我知道他们已渺无踪迹，没准已经死了。这时我就会完全忘了这件事，认为格雷夫妇本来就是我父母。”

“这样也许最好。”

“是啊，对。而且我确实爱他们，尽管我会发他们的牢骚。”

我写下标题：《**世俗之爱和神圣之爱**》。

我呻吟了一声，呆呆地看着眼前。

“我一直在做一种梦。”她柔声说。

“哪种梦？”

“不知道，不知道是不是疯了。”

“所有的梦都是疯了，告诉我。”

“最近几个星期一直在做。我听到声音了，我父母的声音，给我唱摇篮曲。”

“你的亲生父母？”

“对。我看不到他们，但我知道就是他们。我感觉到他们在抱着我，好像他们根本不想让我走。”

“这些梦美好吗，还是……”

“很美。和俄耳甫斯的梦混在一起了。他们抱着我的时候，我听到他在歌唱，仿佛他越来越近，仿佛他想找到我……”

“**怪怪的**。”

“是啊，怪怪的。**我就是**怪怪的！”

她来回锉着拇指的指甲。

“哈！”她叫道，“或许格雷夫妇说得对，他们领养了一个仙童。”

十三

开学前的那个星期天晚上，我们又去了克卢尼。除了卡罗，人人都在，他已经放弃我们了。每个人都闷闷不乐。

“大门砰砰关！”我们唱道。

“百叶窗当当降！”

“牢房等着我们坐啊！”

“还有卡拉卡托！”

“啊！”

“比安卡！”

“不！”

“克里斯托 · 卡尔！”

“啊！ 不！”

我们喝着廉价葡萄酒，咯咯地笑。

“不过，太开心了，对不对？”

“对！”

“咱们再去。”

“耶！”

“期中的时候！”

“对！”

“这样就不用等太久了。”

“这回你可要留下来，克莱尔！”

“我会的。”

“艾拉也会来。”

“哦，对，她会来。”

“俄耳甫斯会回来！”

“哦对，”艾拉冲我耳语，“他回来，我会去那儿。”

我们早早地分手了，早早地回家。有作业要检查，书包要整理，得睡一觉。我和艾拉一起走着。只剩下我们两人时，她抓住我的手，让我掉头，沿着奥斯本河旁边的小路走着。

夜色降临，看不清她是否在微笑。

“咱们干吗？”我问。

“跟着我就行，想让你和我一道做件事，一会儿就好。”

我们来到桥底下。这里，河水冲刷着一扇上了锁的门。在四周的河岸和垂下来的树木的映衬下，这个地方显得很幽暗。

“脱掉鞋子，”她命令我，“把牛仔裤卷起来。继续卷，就算为我做。”

我笑了起来，按她说的去做。

“现在别动。”

我们脚下的河水倒映着点点星光，倒映着城市夜空的光芒，倒映着克卢尼窗户内的灯光。闪烁，摇曳。

“这水来自四面八方。”她说。

“呃？”

她把手指放在嘴唇上。

“嘘，克莱尔。”

现在她的脸庞离我非常近，她闭上眼。

“水。”她呢喃着。

她说话的样子就好像那些词语是从她身上流淌出来的，好像那些词一碰到她她就把它们说了出来，好像她正陷入一场梦。我用脸颊贴着她的脸颊，这样就能感觉到她离我很近，感觉到哪些词语穿过她的身体、穿过她的身体时的颤动。

“这里的水来自四面八方，来自山里，切厄维特山，西蒙赛德山，奔宁山脉，来自高高荒原上的涓涓山泉，来自岩缝涌出的水和田间溪流它从山上流下积聚了力量和其他水流汇合聚集在一起流啊流啊流过陆地流到城市下面流到我们的街道我们的家下面然后穿过大门流到了这里它继续流啊会流到泰恩河和大海汇合然后又会以蒸汽形式上升再形成雨水降落再流经陆地流到城市下面流到全世界的城市下面然后从所有这样的大门里流出来从这样的大门里流出来……”

她停顿下来，微微一笑，挪开了脸。

“咱们小学学过的，还记得吗？在贝特小姐的课上，水循环。从海洋到天空从天空到陆地从陆地到海洋再从海洋到天空没完没了没人知道会何时停止。我当时以为明白，到现在才真的懂了。”

她又把手指放在我嘴唇上。

“现在听，克莱尔。对，听水是怎样哗哗冲刷、丁东流淌的，还要听冲过大门时发出的音乐声。能听到它们在颤动吗？”

我听了一会儿，听不到。

“你没事吧？”我悄声问。

她微微一笑。

“没事，只不过有点儿发神经。”

她爬上一架钢梯，钢梯下面是一段水泥斜坡，直接通到水里。她站在水里，抬头望着我，脸庞在黑暗中熠熠发光。

“来，克莱尔。”她说。

我蹬着梯子下去，站到她身边。水还不到膝盖，泛着一股酸酸的、恶心的味道。河床上全是砂砾和废弃物。她蹚着水朝大门走去，我跟在后面，小心翼翼地迈着赤脚。别去想塞在大门铁栅条里的那些废物、污秽和垃圾，别去想老鼠、恶魔和怪兽。她抓住我的手，把我拉近她，然后引导我的手指摸铁栅条。

“感觉到了吗？”她悄声问。

是的，我感觉到了在河水永无止境的流淌和冲刷下，铁栅条在颤动。

“听到它们发出的音乐了吗？”

听到了吗？我摸了摸，又继续听。是的，一种嗡嗡声和轻微的呜呜声，和水流淌的声音混在一起。我感觉到了，也听到了锁链、螺栓和挂锁发出的丁当声和咔嗒声。我听到了河水拍打警示标志牌发出的啪啪声。

她又靠近我。

“这扇门就像他的里拉琴，克莱尔。”她说。

“**什么**？”

“是的，就像你的手机。”

“我的手机？”

“我在你手机上听到他的声音时，就好像听到了一切，克莱尔。有什么东西穿过他的身体穿过里拉穿过手机进入到我的身体里。现在水冲大门时这声音又来了，听，**是他**。”

“什么是他？”

“一切。河水和河水制造的音乐，万物的音乐声。是**他**，我们和他待的时间太短了。”

“啊，艾拉！”

她听出了我的不安。

“没事，”她安慰我说，“我没疯。再说，克莱尔，他和我的梦纠缠到一起了。”

“你的梦。”

“关于格雷夫妇收养我之前的事的梦。我一个人，待在一个阴暗潮湿的地方，里面有音乐。我听到了他们的声音，他的雄浑，她的甜美。我感觉到他们在抱我，不想让我走。我听到音乐像水一样流淌。”

“可是艾拉，任何人都可能做这种关于生命开始的梦，那不过是见鬼的**子宫**！”

“不一样，俄耳甫斯让这个梦更清晰了。梦里的音乐就是**他**，**万物**的音乐里都是他。看看**咱俩**，克莱尔。”

“什么意思，看看咱俩？”

“看看咱俩是怎么站在水里，听水如何流过我们的双腿，听水在我们四周流淌时发出的声音。听到了吗？”

“听到了，可这只不过是……”

“是**他**，克莱尔。别动，听，**咱们**就是他的里拉，他在咱们身上弹琴、唱歌。”

“哦，艾拉。”

“我没疯，我感觉自己刚刚开始醒来。”

“哦，艾拉。”

“我以前就认识他，艾拉，他也认识我，他认识我们所有人，你一定要相信。”

我什么也说不出来。我们站在水里，站在孩提时代的我们曾因噩梦而尖叫着逃离的地方。现在我们站在这里，仿佛它能给我们带来某种恩泽。真要命。她的眸子闪闪发光，反射着缓缓升起的月亮的光芒。

“哦，克莱尔，”她喘息着说，“他来了。我知道，他快到这儿了。”

十四

他来那天是个星期四的上午，我们正在上卡拉卡托老师的课。新学期已经过了几星期。他站在那儿，站在操场边，影影绰绰。她跑出教室，和他一起走了，他俩的故事，我们所有人的故事，突然开始了飞跃向前，我们必须抓紧，才能跟上。

第三部

一

“他想娶我，克莱尔。”

“**什么**？”

“他说他去过那么多地方，从未碰到过像我这样的女孩。”

“**你**他妈的又碰到过谁？”

“没有。可是他说了和我一样的话——他认识我很久了。”

“你才**十七岁**！”

她咯咯笑了，耸了耸肩。

“**我知道**，克莱尔，这是很疯狂。”

“那怎么……”

“可是却又有些合乎情理，怪怪的。”

“**情理**？”

“感觉他很懂我，从没有人给我这种感觉。”

“老天，艾拉！”

“真的！我现在觉得比以往任何时候都活得有意义。”

“可是……”

“可是**什么**？”

“你鬼迷心窍了！不过是因为他把你迷住了。”

“不是。很难解释，可我**感觉**到了，克莱尔，我**感觉**到了。”

我俩在我的房间。从卡拉卡托老师的课上逃出去后，她和他待了一整天。她说他们不过是四处逛荡，不过是在聊天，不过是在做梦。他们沿着河一直走到泰恩河口的入海处，然后又走了回来。有时候他们停下来，他弹里拉，唱歌。

“你说的对，”她说，“鸟儿们飞下来，鱼儿跳出水面，有几只狗一直跟着我们，不管我们到哪儿，感觉它们都很喜欢他，克莱尔，所有的飞禽走兽。我有一回看了看那条河，感觉就连它都改了道，朝他这边流过来。这种感觉就像是在做梦，可梦却是真的。”

“上帝啊，艾拉，你**确实**在做梦。”

“可你自己也说过同样的事情啊，你说你亲眼看到这些事发生。”

我按住她的肩膀，真想掐她的喉咙。

“可是**结婚**不一样，艾拉。”我哈哈大笑，“格雷夫妇不大可能会说‘哦，好的，艾拉，听上去不错，我们没意见’。”

“没事，他们不用知道。”

“**什么**？”

“不会是**婚礼**那种无聊、一本正经的东西。”

我叹了口气，等她继续。

“他说我们不需要那些羁绊——牧师啊教堂啊登记员啊，所有那些。我们结婚就是灵与肉的完美结合，就像过去一样——那时什么都不受各种规矩和规定的束缚。”

她吻了吻我。

“会很美的，克莱尔，我们想在班姆伯格海滩上举行。期中的时候，咱们都去那儿。之后我们一有空就会秘密会面，然后等我离开学校我们就可以正式结合了。我们会一起流浪。艾拉和俄耳甫斯，俄耳甫斯和艾拉。”

我叹了一口气。

“要命的老天，艾拉。”

“会很简单，很美。只有音乐，跳舞，一点儿红酒，一点儿阳光，还有爱。”她又吻了我，“还有比这更好的地方吗？把诺森伯兰郡变成希腊——还有比这更好的方法吗？”

她咯咯笑起来。

“别那么严肃。”她逗我。

她从我的床头桌上拿起一只苹果，嘎吱嘎吱咬起来，边吃边笑着说自己都他妈的快饿死了。他俩光顾得卿卿我我，一天下来，什么也没吃。

她笑起我来。

“好啦，克莱尔，你就不能开心点吗？就为我？可以？还是不可以？”

她直挺挺地站在我跟前，窗户透进来的阳光从后面洒在她身上。哦，她看起来简直明艳不可方物！一下子完全变了个人，不再只是那个爱做梦的泰恩塞德女孩，看上去好像在发光。

“开心点，求你了，至少今天，可以吗？”

我摇了摇头。

“好吧，”我说，“至少今天。”

“好，现在我得走了。还有，听着，可千万不能让格雷夫妇起疑心，你什么都不要跟他们讲，听到了吗？不要告诉他们我今天逃学了，不要告诉他们俄耳甫斯的事，不要告诉他们我期中会嫁给他。”

我叹了口气，为她这一长串可笑的叮嘱。

“好，”我说，“我不告诉他们。”

“好样的。还有克莱尔，我想让你把我交给他。”

“**交给**他？”

“当然，一般这都是由父亲来做，可我没有生身父亲，所以我想让你来，我想让你把我的手放在他手心，说出你的祝福。求求你，答应我。”

我一个字也说不出来。

她握住了我的手，那双漂亮的眼睛里突然涌上了一丝哀愁。

“你是我的一切，”她悄声说，“自从咱们小学见面那天起，还记得吗？”

“记得，我当然记得。”

那是很多年以前，在辛普森小姐的课上。两个小女孩坐在木制课桌前，一起数数，一起朗读字母表，一起背一星期的七天和一年的十二个月。两个小女孩在课桌下面手拉着手，悄悄说她们是彼此最好的朋友而且将永远是。这么多年过去了，确实永远是。

“那就说你会为我做这件事，克莱尔，**求你了**。”

我望着我这位快乐而又忧伤的可怜的朋友，我能为她做什么呢？怎样才能防止这一切发生？从现在到期中还有短短的几个星期。没准一切都会改变，没准她会清醒，没准俄耳甫斯会消失，没准……

“说啊，克莱尔。”

我努力想取悦她，安慰她，像我从前一直做的那样。

“好，”我说，“如果真有那一天，我想我会的。”

“太棒了！”她开始咯咯笑。

“啊，一定很好玩！”她转过身，准备走了。

“哦，对了，我想让他见见你爸妈。”她说。

上帝啊。

“我总不能带他见我爸妈，对吧？”她说，“你爸妈会理解他的。他们了解他这样的人，而且我一直觉得跟你爸妈特别亲近。告诉他们我会带他来，求你了。说你会的，求你了。”

二

他们是星期天晚上来的，之前我并没跟老爸老妈多说什么，只说我们在班姆伯格碰到的一个小伙子——一个歌手——又来看我们大家了，还遇到了艾拉。

老妈哈哈一笑。

“是爱吗？”她问。

“谁知道？”

“啊，好吧，但愿如此，哪怕是暂时的也行啊。她真该有个好男孩来爱她。”她眨了眨眼，“你也是，女士。”

说完她拥住了我，告诉我山姆很不错，让我不要把她的话放在心上。

我跟她说艾拉希望他们不要和格雷夫妇提他。

“这么说他们还不知道他?”老妈问。

“对。所以你最好别告诉他们，还不是时候。”

另一个我其实在期待他们反驳:“不，我们就告诉他们，马上!”

可老妈只是说:“他们把她保护得过度了，对吧?”

“**过度**?”老爸说，“不管怎样，我们和他们好像从来都不是一路人吧?”

“看来他对他们来说有点挑战喽?”老妈说。

我耸耸肩说:“我想是的。”

“她愿意把他带到这儿来，真是不错。”老妈说。

“事实上，是无上的荣耀。”老爸说。

“他吃什么?”老妈问。

“素食，我猜。”

“啊，太棒了!”

艾拉说他们四点钟来，等他们出现时，都快六点了。

“太抱歉了,”艾拉说,“我们忘了时间，如果太晚的话……”

“不晚。”老妈说，她抓起艾拉的手，把她拉进来，“这位一定是俄耳甫斯了。”

“是的。”他说。

她往边上站了站，领着他们进了厨房。

“非常欢迎,”她说,“叫我伊莲吧。”

我和老爸等在餐桌旁。艾拉穿了一件蓝色长身花朵图案的东西，飘飘欲仙，脚上是一双有带子的凉鞋。他还是老样子：外套，靴子，里拉，长发。

“我是汤姆。”老爸自我介绍道。

“克莱尔，”我说，“还记得吗？”

他抬眼望向我，眨了眨眼。

“我也在班姆伯格海滩。”我说。

“哦，对。”

在厨房里看到他，在我家里看到他，感觉太奇怪了。在海滩上他看上去那么自然，可在这儿他给人的感觉却是手足无措、局促不宁、紧张不安。

老妈帮他把外套脱掉。他穿了蓝色牛仔上衣，里面是一件破旧的蓝色衬衣。他把里拉靠在桌子腿上。

“喝什么？”老妈问。

“红酒怎么样？”老爸说，“你们女孩子也可以喝点儿。”

俄耳甫斯转向艾拉，她捏了捏他的手。

“果汁，”艾拉说，“如果不麻烦的话，就喝水也行。”

“水。”俄耳甫斯说。

我们都坐了下来，先是聊了会儿家常：艾拉上学的功课情况，她那件漂亮的裙子，她父母身体怎么样。

“这么说你唱歌，俄耳甫斯？”老爸问。

“是的。”

他的目光在房间里逡巡，扫过墙壁——毕加索的画，非洲面具，放意大利面、豆子和辣椒酱的架子，扫过摇摇晃晃的大蒜，扫过酷彩牌铸铁锅。

“你是这附近的人?”老妈问。

“算是吧。”

离这么近，我才看出他是多么英俊。颧骨，下巴的外形，丰满的嘴唇，清澈的深蓝色眸子，瘦削的胡子下面是完美无瑕的肌肤。我也看出艾拉变得多么美，仿佛他伸手碰触到了藏在她身体深处的美，把它掏出来，放在光线下面，让它闪闪发光。

“他喜欢流浪。”艾拉说，她又捏了捏他的手，“对吧，俄耳甫斯?”

“对。”

艾拉笑出声来。

“我想他哪儿都去过了，”她说，“比我去过的地方要多得多!”

他的眼睛还在逡巡，似乎随时都可能再度启程。艾拉注视着他，我注视着艾拉。无论他去哪儿，她都会跟着，跟他到天涯海角。

“我们也爱旅行，”老爸说，“或者说曾经这样。”

他伸手去拿那把里拉。

“可以吗?”他问。

俄耳甫斯耸了耸肩。“当然。”他说。

“我们在克什米尔看到过这样的东西。”老爸说。

“在马拉喀什也看到过，”妈妈说，“集市上那么多音乐人!”

“德吉玛广场，”老爸说，“也叫死者广场。那些变戏法的和耍蛇的太厉害了!”

俄耳甫斯点点头。

“你去过这些地方吗？”老妈问。

“去过。”

“太有意思了，是吧？”

老爸拨弄了几下琴弦，听上去死气沉沉。他笑了。

“我没乐感，”他说，“你给我们弹点儿吧。”

“汤姆，”老妈说，“放过小伙子吧，他跟咱们才刚认识。”

桌上是一盘中东蔬菜球、一盘希腊粽子、一碗色拉，还有好多面包、水和果汁。艾拉说这顿饭太美味了，她在家里从没吃过这么好吃的东西。她讲了她和俄耳甫斯上午散步的事儿。他们沿着泰恩河一直向西走，他们看到了正跃出水面的鲑鱼，看到有人在河上划独木舟，水流中有一棵开花的山楂树，打着转漂流着——一定是在遥远的上游从河岸上被冲下来的。

“还有那些傻鸭子！”她大笑，“还记得吗，俄耳甫斯。”

他眯起眼睛，回忆着，然后朝她微微一笑。

“记得，”他喃喃道，“傻鸭子。啊，对！”

从他的双唇之间突然冒出一阵嘎嘎声，我们都被逗笑了。

“还以为再也甩不掉它们了呢，”艾拉说，“感觉它们会一直跟我们到地老天荒！”

他吃了几口莴苣、几只粽子、一两个西红柿，又喝了几口水。

“我们又去了奥斯本河，”艾拉说，“我和他讲了咱俩小时候的事。”她笑了出来，“所以我们就来迟了。我们绕了点儿路，回到了从前。”

“她俩小时候简直太可爱了，两个小姑娘，”老妈说，“现在我还能想起来，抱着娃娃，穿着夏天的小裙子……”

“妈……”我打断她。

“我知道了。你还是个小男孩的时候在哪里？俄耳甫斯？”

“小男孩？”他有些吃惊。

“对，你还是个可爱的小男孩的时候？你在这附近吗？”

他看上去有些困惑，好像对他来说，这些问题很难回答。

“在，”他说，“离这儿不太远。”

他紧张地看着艾拉。是的，他想走了。

“还有你的父母，我能否问问？”

他向上翻了翻眼珠。

“在天上。”他说。

“哦，真抱歉。”

“没事。”

我们后来又吃了点水果。

俄耳甫斯喝了一点儿木槿茶。

外面天已经黑下来，艾拉说她得赶紧走了。她说今晚一切都很棒，还说感谢你们让俄耳甫斯来家里做客。

“能不能……”老妈说，她看了看里拉琴，“如果他不介意的话，在你们走之前……”

艾拉笑了，俄耳甫斯耸了耸肩。他顿时放下了所有的窘迫。他抓起里拉，拨弄起琴弦——低沉的音，高亢的音；温暖的音，冰冷的音；黑暗的音，光明的音——他把所有这些都放进了音乐里。他开始哼唱，然后发出不同的声音，有的像人在说话，有的像鸟鸣，有的像野兽的喊叫、像孩子的笑声、像情人的私语、像快乐的呻吟。他弹啊唱啊，我们不由自主地向他靠近。我们迷失了——感觉自己已经消失，感觉他弹奏的音乐正是出自我们的身体。不知过了多久，时间已没有意义，时间溜走了。一曲终了，他不过是停止了歌唱，停止拨弄他的里拉。当我们从无梦的梦境中醒来时，他已经开始穿外套了，已经开始拉起艾拉的手把她从椅子上扶起，他们已经开始转身离开我们，自己打开了门，走进外面的黑夜中。我们注视着他俩离去。我们围坐在厨房的桌旁，母亲、父亲、女儿，一言不发。楼上的风铃在响，鸟儿在鸣唱——此时是夜里，它们本该悄无声息。房子似乎在颤抖，在震动。我们身旁的桌子、身下的椅子也都在颤抖、震动。我们的心、我们的灵魂里响起了音乐——音乐应该一直在那里，只是此前我们从未听到，从未知晓，但现在我们感觉到了，因为俄耳甫斯和我们在一起，哪怕只有片刻工夫。

三

在他走之前，我们又听了一次他的演出。当然是在克卢尼外面，那个我们和其他像我们这样的人聚会的地方。在那里，我们怀着既躁动又平静的心情躺在起伏的草坡上，做着艺术家的梦；在那里，我们探索着爱和友谊的各种方式；在那里，随年龄、长大而来的奇特的喜悦和痛苦令我们颤抖；在那里，我们向往自由，渴望归属。当他弹唱时，有人从工作室和酒吧走出来，有人匆忙跑下桥，有人从纽卡斯尔码头的酒馆和饭店跑来。他们走近时都慢慢放下脚步，仿佛被音乐声施了魔法。有人想和他一起哼唱，但很快便闭上了嘴，根本无法跟上他，无法模仿。起码有两百多人聚集在那个穿着深色外套、怀抱里拉琴的少年周围，在他身后，奥斯本河静静地流淌过大门。他唱啊，弹啊，着了魔，不知多少人在那晚爱上了他，但他的目光只放在一个人身上：艾拉，我的朋友艾拉。

然后他就不见了，他的一贯风格。她也随他而去，消失了一小会儿。我们留在原地，渐渐清醒过来。**这家伙是谁？他在干什么？他怎么会这个？**然后比安卡和克里斯托尔出现在我身旁，他们中间是卡罗。

克里斯托尔舔了舔嘴唇，紧紧依偎着卡罗。“听着，”比安卡轻声说，“要是我这辈子得不到那个俄耳甫斯……”

四

一个人怎么可能变化如此之大？她怎么可能突然知道这么多东西？想这么多？卡拉卡托惊愕不已。

“艾拉 · 格雷，你令我刮目相看，我讲了几个月的东西，你一下子就明白了，这是怎么回事？”

“我不知道，先生。”她老老实实地回答。

“我并未改变方法。我也没意识到你给了我更多的关注。你最近是否阅读很广泛？”

“没有，先生。”

“或许你父母最近没少帮你。”

“他们总是希望我功课好，先生。”

“那当然。你父亲是……”

“木匠，先生。妈妈是厨师。”

“是这样，心灵的活动方式真是神秘。”

他在课桌间的通道内踱着步。“可以的话，请再给我们讲一遍你对弥尔顿先生和他的《失乐园》的看法。”

“先生？”

“谈谈苹果、命运和自由意志。”

“好的，先生。上帝从一开始就知道事情的结果，他知道亚当和夏娃会被逐出伊甸园，他知道后面会风波不断。”

“亚当和夏娃是否有机会让事情出现转机？自由意志会怎么样？他们并不是非吃那个苹果不可，对吧？”

“他们非吃不可，先生。他们的确拥有某种自由意志，可那并非**真正的**自由意志。如果他们真有自由意志，那将会和上帝的知识发生冲突，在《失乐园》中的世界里，这是不允许的。”

“如此说来，他们必须得那样做，别无选择？”

“是的，先生。上帝把苹果树放在那儿。他造了男人和女人，他塑造了他们的天性。正因如此，他知道他们一定会做什么，他们选择了命运让他们选择的东西。”

我们所有人都再一次目瞪口呆地盯着她，这还是我们认识的那个艾拉吗？

“这么说他们那昭然的自由意志？”卡拉卡托老师问。

“是他们命运的一部分，先生。”

卡拉卡托哈哈笑了：“弥尔顿先生给我们出了个多么大的难

题，格雷小姐。”

“是的，先生。确实如此。”

他双手叉腰，从高处打量着她。

“你自己相信这些事情吗，格雷小姐？我们的生活是被我们无法掌控的力量所左右的。”

“不，先生，我信仰自由。弥尔顿是在弥尔顿的时代进行创作的，那一时代已经过去了。”

他冲她微微一笑，摇了摇头。

“格雷小姐，这几个月你一直默不作声地坐在那里做着梦，现在你开始说这样的话了，这就是你这段时间做的白日梦的内容吗？”

“我不知道，先生。我的白日梦并没有什么特定的内容，我只是有点儿……”

“茫然？”

“对，先生。就像你总是对我说的那样，茫然。”

他又笑了起来。

“可能都是因为弥尔顿吧，先生。”她说。

“弥尔顿？”

“可能这就是为什么他是一个伟大的诗人。即使你不相信他所相信的东西，即使你脑子塞了点儿浆糊，他也会让你懂。也许当你做白日梦时，当你心思几乎根本不在那儿的时候才最能理解诗人的意图吧。”

卡拉卡托发出了一声深深的感叹：“哦，可能，可能。可仁慈的上帝啊，这对教学方法有何启示？对分析文章、对写论文等等等等有什么启示？不过最好还是别想这类事，可能。”

他扫视着我们全体。

“芬奇小姐？”他叫道。

“什么事，先生？”比安卡回答道。

她正在锉指甲，此时停了下来。

“你对诗歌语言晦涩的表达方式有何见解？”

“我不懂这个，先生，不过艾拉看起来确实像变了个人，先生。”

“是吗？”

“是的，先生。如果你问我，我感觉她最近挺滋润的，先生……”

卡拉卡托老师转了转眼珠。“我的天！”他咕哝了一句，转向艾拉。

“你对约翰 · 弥尔顿的看法给了我们一些启示，格雷小姐，对于约翰 · 多恩的比喻你也见解独特，往后你还会给我们带来什么别的礼物呢？”

她微微一笑。

“我不知道，先生。”

“哈。可能会做更多白日梦吧。”

“是的，先生。可能。”

他久久地注视着她。

“发生**什么**了？”他问她。

“我不知道，先生……我不知道你是什么**意思**，先生。”

“我也不知道，艾拉·格雷。我也不知道。”

五

“是吗？”那天放学回家时我问她。

“什么是吗？”

“比安卡说的那些。”我努力使出开玩笑的口吻，努力模仿比安卡的声音，“你是挺滋润的吗，小乖乖？”

“我最近几乎都没见着他。”

“不过……”

“不过我们找到地方了。”她微微一笑，“我们做爱了，可以这么说。”

我们继续向前走。

“还有吗？”过了片刻，我问道。

“还有……”她扭过头去，朝着河流，朝着大地，“好像这事跟我没什么关系，甚至跟他也没什么关系，就像是我俩都消失了，或类似的感觉。”

“哦。”

“是的。”

我们继续走着。

“你跟山姆也是这种感觉吗？”她问。

“怎么会。”

我俩吃吃地笑了。可爱的山姆，肌肉先生。我们离家越来越近。

“就好像我并不在那儿，”她说，“可是却感觉身体被塞得满满的。就好像，唉，我说不清楚……”她突然蹲下身去，摸了一下开在水泥路边的一朵雏菊，“仿佛我就是这朵雏菊，雏菊里面的东西跟我身体里的那样东西一模一样。那些把它从泥土里拱起把花瓣拱出来让花粉发光的东西。那样从那些鸟的身体里把歌曲拱出来让它们展翅让鲑鱼游泳让……哦，克莱尔，我实在是说不清楚。”

我大笑起来，在她身边蹲下。

“像是一种感觉，”她说，“像是一种声音，像是我自己可又像没有任何人，像一切可又像什么都没有！”

她抓着我的手，让我的手指触碰那朵雏菊。

“就像和这朵见鬼的雏菊相爱，克莱尔。就像和见鬼的河流见鬼的天空相爱。还能再疯狂一些吗？”

“没准挺好的呢，”我喃喃道，“没准初恋来本就该这个样子。”

“是吗？我不知道。我刚跟他在一起没多久，可我知道我们会永远在一起，我们已经永远在一起了，永远。”

我吸了口气，抓住她的胳膊，把她扶起来。

我又吸了口气。

“艾拉，”我开始说，“我觉得你是不是该……”

她用手指按住我的唇。“不，克莱尔，”她说，“别说。”

“别说什么？”

“任何劝我的话，克莱尔，任何让我产生怀疑的话。”

六

那几个星期是怎么度过的？和一直以来时间流逝的方式一样，

在秒钟变成分钟分钟变成小时小时变成天天变成星期中度过，在日常、在工作、在繁重的苦差中度过，在日出而作日落而息中度过，在睡醒、洗漱、穿衣、吃饭、喝水、梳头和擦鞋中度过，在整理书包中度过，在与挚友沿河边走路上学、汇入上学人流然后和人潮汹涌地穿过圣三一学校的大铁门中度过，在准时到校、做好准备、井然有序地穿过走廊中度过，在积极向上、合作和彬彬有礼中度过，在关注老师中度过，在听卡拉卡托老师口若悬河地讲解、分析、念经、偶尔灵光一闪、嘟嘟囔囔中度过，在读弥尔顿、赫里克、多恩中度过，在记笔记、写文章和一小时一小时一小时地做作业中度过，在做出勤奋好学、积极主动的样子中度过。在展现我们现代年轻人的形象——了解自己身处的世界、知道别人对自己的期望、现实但又不乏雄心勃勃、今后的发展对自己至关重要——中度过，在做给父母看我们按他们的期望成长、我们会实现他们的宏图大志中度过。我们都是有为青年，我们有教养，刻苦，我们应该得到奖励，好好快活一段时间，应该允许我们在期中的时候喘口气儿，一块儿到班姆伯格海滩玩一趟，这是我们应得的。

我对格雷夫妇出奇的耐心。我和我的爸妈一道摇着头，为俄耳甫斯那天晚上在我们家厨房制造的奇迹惊异不已。我附和着他们说是的，我的生命中也开始出现这么有趣的人了，太棒了。是的，我告诉他们，等我们往北走到了班姆伯格没准还能再见到他；是的，我会转达他们的问候；是的，我一定会请他再来我家做客。我会对他说，我们家的大门永远为他敞开。

然后我就和朋友们在克卢尼旁边的草坡上聚会了。和往常一样，我们窃窃私语，分享着令自己激动的事，和往常一样，弹琴、唱歌，和往常一样一样一样，我们渴望变老又渴望青春永驻。

多少次夜深人静，我独自醒来，努力让自己不要害怕，努力平息奇怪的恐惧给自己带来的惊扰。我拼命说服自己这不过是一出闹剧，一场游戏，一个少男少女的幻想。艾拉为什么不能来一场模拟婚礼呢？她——还有我们所有人——为何不能傻乐一天呢？

我还设法告诉自己，不管怎样，这都很愚蠢。俄耳甫斯本身就是个幻象。艾拉说他会再次动身去流浪，说他会在班姆伯格海滩与我们再次相遇。

我在心里嘲笑着。

净胡扯，我轻声地自言自语。**他不会来的。他骗了我们，对我们施了魔法，耍了我们。他不过是一个旅人，一个唱歌卖艺的流浪汉，他一去不回头了。感谢上帝，谢天谢地。去下地狱吧，俄耳甫斯。放过我那天真的好友。**

我和她去了城里的阿提卡古董衣店。我们进去就出不来了。我们在一排排衣架间逡巡，她发现一条剪标浅绿真丝裙，可能是彼芭牌的，我买了一件大约有五十个年头的黑色晚礼服：闪闪发光的缎子领，里面搭配了一件纯白衬衣。我还买了一双黑色鞋子，系着缎带，一直绕到小腿肚子。她说她准备赤足。我还买了一顶带面纱的黑色网页帽，垂到我眼前。她说我简直惊为天人。她自己头上什么都不戴，除了那种盛开在沙丘的柔美的粉色花朵。

安吉丽娜创作了用吉他演奏的婚礼乐曲。迈克尔和玛丽亚买了好几瓶特易购的香槟酒，他们在芬维克百货发现了几瓶松香味希腊葡萄酒。安吉丽娜还自制了巧克力婚礼蛋糕。我们储存了一些便宜的红酒和啤酒，我们所有人一起制作了贺卡。山姆找到一本老版本的《失乐园》，一页页撕碎，用来做婚礼撒花。

詹姆斯迷上了画黑色眼线、涂睫毛膏。我们冲他微笑，他就耸耸肩，红着脸低下头，悄声说，**我懂，我懂**。

我在格兰杰市场的一家廉价文具店里买了一本新笔记本，封皮是红色意大利大理石花纹，非常可爱。我想给我的朋友写几首祝贺诗，我努力让自己的文字不要笔锋一转，陷入忧伤的调调。我发现自己在剽窃多恩的诗行和意象。千万不能哭，我不会失去我的朋友，她可能会离开一段时间，但会回来，就像圆规的两只脚，合上时，脚尖会再度会面。无论她和俄耳甫斯在一起会发生什么事，我们都永远相连。

记住我，艾拉，我写道，**我是真心待你的那个人**。

期中的第一个周六，我们从干草市车站坐上 X18 路公交车，出发了。

我们都坐在后面，所有的朋友，一帮嬉皮士。我和艾拉坐在一起。我们握着彼此的手，从辛普森小姐的课上我们就一直这样了。我们经过了黑色的战争纪念碑——天使正俯瞰着下面绝望的士兵。我们经过了城里的那所大学，我们当中很多人都认为自己最终可能会去那里。公交车驶过一片荒野，那里有牛群在吃草，一动不动。我们望着窗外的一间间房屋、一座座办公楼、一个个商店、游泳池、图书馆。车辆和行人都和我们的方向相反，都在往回走。

我们出了城，上了大北路，朝着空旷的诺森伯兰郡驶去。

艾拉捏了捏我的手，我朝她探过身子。

“再会，我的平凡世界。”她说。

七

公交车一路向北，我们唱起了童年的歌谣。

我的邦妮躺在海上。

似乎没人介意。我们唱得甜蜜、谐谑。我们是一群懂事的小年轻，不会烦扰到任何人。几个跟妈妈坐在一起的小男孩开始和我们一道唱起来。

天气晴朗。太阳照在田野上，微风拂动，树梢在舞蹈。我们把泰恩塞德抛在后面，穿过平整过后的煤田旧址，看到了波光粼粼的大海。在安伯，我们看到一条条鲜亮的小船在海面乘风破浪，朝着科凯特岛进发。过了这一段就是沿海公路，风景开始漂亮起来：沙丘、城堡和长长的白沙滩。亮闪闪的河流跳着舞，奔向波涛汹涌的大海。有石头建造的港口，也有小巧的天然港口。

屋顶板上放置着渔船，黑色小木棚边上架着一层层诱捕龙虾的笼子。一张张橙色的渔网铺在岩石上，等着晾干。

公交车从锡西豪斯驶过时，我们高声叫喊起来，指点着车窗外的风景。

“啊，我以前最爱这个地方了！”迈克尔叫道。

“考克森的鱼和薯条！”

“看那家礼品店那些用贝壳做的小船！”

“哇！那个岩石形状像手杖一样，还有全英式早餐！”

“还有奶头糖!”

“还有用海煤做的美人鱼!”

“看那家冰激凌店!”

“看啊! 那人在腌咸鱼!”

我们在座位上扭着身子，回头看着，记在脑海，直到看不到为止。

接着紧挨着路边出现了连绵不断的沙丘；远处是耸立在海上的法尼群岛；随后是班姆伯格渔村后面岩石上巍峨的红色古堡，是抵达目的地的兴奋，是把帆布背包和行李从公交车上拖下来的兴奋，是我们这帮人开心地沿着瓦恩丁路走到海边、听到大海的声音、闻着大海的味道、看到海鸥在海面上尖叫时的兴奋。

八

我们去了上次去的地方，我们在沙丘里把帐篷撑起来，我们生起了火。我们在海里趟水，在岩石池里搜寻。我们喝酒，我们唱歌。第一天没看到俄耳甫斯的踪迹。我太开心了，我们这么自由。时间在流逝，我在漫天星斗下和艾拉起舞，臂挽臂，脸贴脸。我们的双脚在沙地里快乐地拖动着。朗斯灯塔的灯光从她身上扫过，她忽隐忽现，忽隐忽现。

“你太美了，艾拉。”我对她说。

我想跟她说更多，可是却一时词穷，只发出了没用的喘息声和咕哝声。我把她搂得紧些，更紧些。我有一种想保护她的冲动，让她远离所有的黑暗、所有的痛苦、所有的死亡。

我问她晚上要不要在我的帐篷睡，她扭过头去。

“不，”她对我说，“我还是一个人待着最好，感觉如果我轻声呼唤他的名字，如果我让自己梦到他，他就能确切地知道我在哪里，就知道该来哪儿了。”

她吻了我。我叹了口气，或许她从我的叹息中听出了忧愁，她犹豫了片刻。

“我想你现在还不明白。”她说。

“明白什么？”

“我有多爱她，克莱尔，还有他有多爱我。”

“可是……”

“我们愿意为对方做任何事情。”

“可是……”

“可能你就不行，可能没人行，除非他们自己经历过。”

“可是……”

“它比任何感情都强烈，克莱尔。这是让海水流动，让星星闪耀，让我们所有人活着的那样东西。”

火花从篝火中蹿起，流星坠落。

“有一天你会的，”她说，“你会遇到你自己的俄耳甫斯，然后咚，你就会陷进去。晚安。”

“晚安，艾拉。爱你，艾拉。”

“我也爱你。”

她披着篝火映照在她身上的光走进沙丘里。

我抬头仰望着夜空，可是没有了卡罗，我们当中谁都叫不出那些星座的名字，除了几个最简单的，几个我们还是孩子时就认识的。

山姆坐在岩石池边，他说他好像看到了一条发光的鱼。

“亮闪闪的。”他说。

我和他一起看。是的，闪了一下，又一下。

“你相信有发光鱼这种东西吗？”他问。

“不知道。”

“我也是。天哪，有时候我感觉自己真他妈的笨。看，又来了。”

“是啊。”

“好奇怪。”

我靠在他身上。

“你今晚想来我帐篷吗，山姆？”我问。

“是的，我想。”

“那来吧。”

我们做爱了，也可以说那种叫爱的东西。

完事后我躺在那里，睡不着。

我侧着耳朵想听听艾拉的声音，可除了吞吐的海浪外，再也听不到任何轻柔的声音。

我轻唤她的名字。

“我在这儿，”我悄声说，“我会永远在这里，你永远知道在哪里能找到我。”

“什么？”沉睡的山姆嘟囔道。

“没什么，”我对他说，“没事。”

我抚着他的眉毛，他的呼吸又变得沉重起来。

“艾拉，”我压低声音呼唤，“艾拉。”

我肯定睡着了，因为我醒了。他还是没来，没有以前曾听到过的清晨的歌声和琴声。感谢上帝。这么说我们可能在他缺席的情况下走完整个过程。

该死，真该死。哈！

我从沉睡的山姆身上爬过去，来到了外面。

我们吃了熏肉三明治——夹在大面包片里，我们喝了好几大杯的茶。我给艾拉送了一些过去，我朝她帐篷里张望了一眼，她一动不动，跟死了似的。我屏住呼吸，把耳朵贴在她身上：爸妈跟我讲过，所有的爸妈在有第一个孩子以后都会这么做，来探看一下那个神秘的小东西是否还活着。她没有动，几乎都不呼吸，可是，是的，她活着。

男生在沙丘里玩战争游戏，我们女生把脚泡在岩石池里，谈论着男生。我们感觉看到了海豚，有一只巨大的黑乎乎的东西在海浪上翻滚，安吉丽娜说那肯定是鼠海豚。几只海豹跳起来，又跳下去。

我向后靠着，手指在沙子里穿过。我回忆起了爸爸的声音，几年前我们也坐在这样的海滩上，他翻开我的掌心，把一粒沙子放在里面。

“摸一摸。”他说，我摸了一下。

“现在看看我们周围所有的沙子。”他说，我看了看。

“天上有多少颗星星，”他说，“全世界的沙滩就有多少粒沙子。”

我感到眩晕，和那时一样。

我跟别人重复了爸爸说过的话。

“真的吗？”玛丽亚问，“不可能。”

“可能，”我笑着说，“数一数，你就知道了。”

“一、二、六、九百、八千三百万兆。对，真的！”

“如果是真的，”安吉丽娜说，“那世间的东西得有多大？”

我们一起眺望着苍茫的、无边无际的蔚蓝色。

“如果是真的，”詹姆斯边说边扔出去一把沙子，“我们得有多**小**？**我们**会在哪儿呢，这片海滩上吗？”

无从得知了。时间一点点过去，没有艾拉的踪迹，也不见俄耳甫斯。

太阳越升越高，空气温暖起来，我们让裸露的肌肤尽情沐浴阳光，我们躺在沙丘下面起伏的沙子上。这就是我们一直想要的，在那漫长黑暗的冬季，在那么多星期沉闷的生活和学习、学习、学习中想要的。

我和山姆一起游泳。我们拉着手，在海中漂浮着。我们哈哈大笑：这见鬼的海，和见鬼的冰没什么区别。

“意大利！”我们笑了，“希腊！别开玩笑了！”

“北方！”我嗷嗷叫道，“还是那冰天雪地的见鬼的北方！”

我们游完后回到篝火旁，靠近火来取暖。

是迈克尔先看到他们的，在海滩的另一端，从古堡的阴影下走出来。他把手遮在眼睛上。

“不可能。”他说。

一小帮人，扛着麻袋和箱子。

“不会吧？”他说。

一开始看不出是谁。阳光下，浪花闪闪，包裹着他们。我们不想认出他们来，不想知道他们就是我们心里想的那些人，可他们还是来了，越来越近，越来越近。

“是的，”詹姆斯说，“见鬼的比安卡和她那帮子人。”

“还有卡罗。”安吉丽娜咕哝了一句。

比安卡跳了起来，朝我们挥手，好像看到我们在这里很吃惊，喜出望外。她把帆布背包丢在沙地上，朝我们跑来，就好像我们是她失散多年的朋友。

“是你们！”她喊道，“没想到在这儿看到你们这帮子人！”

她笑起来。

“太意外了，是吧？”

我们都沉默着，对她爱搭不理，可她还是哈哈大笑。

“你们真没劲！”她说。

她绕过篝火，来到我身边。

“别担心，”她说，“我们不会坏了你们的兴致的。”

她朝沙丘望去。

“咦，新娘呢？”她问。

她扫视着沙滩、大海。

“那个帅呆了的新郎呢？”

她碰了碰我的肩膀。

“别一副闷闷不乐的样子，克莱尔，我们听到你们的悄悄话了。我们一点儿不会惹你们烦，别管我们，假装我们不在这儿。不过克莱尔，”她小声说，“要是错过了这个我们可要后悔一辈子！”

她转向其他人。

“克里斯托！咱们在那边扎营！咱们可别碍了这帮好人的事！”

她又跑了回去。他们在离我们大概三十码远的地方把装备卸了下来。卡罗打开一个蓝色大帐篷，他们在沙丘边上笨手笨脚地把它撑了起来。他们自己生了火，烧了香肠和豆子。他们取出几瓶伏特加，把音箱放好，开始放一些快节奏、很大声的音乐。很快他们狂舞起来，互相撞着、压着、蹭着彼此，笑着，尖叫着。他们根本不理睬我们。比安卡把上衣脱掉，朝海边跑去，两只奶子一甩一甩的。她跑进深到大腿根的海水，尖叫起来，然后又朝着他们的篝火狂奔回来。

我去了艾拉的帐篷，还是那么静，死一般的静，她还在沉睡。我回到篝火旁，想在新日记本上写点什么，没灵感。我写了比安卡和她的朋友们。他们现在都已经半裸了，卡罗穿着花朵图案的短裤在跳舞，女生们不停地笑着，打着唿哨，故意撞他。

好事，我写道，**有这群活宝在，他不会来了。疯吧，比安卡。闹吧，把俄耳甫斯吓跑**。

两三点钟时沙丘那边突然爆发出一阵尖叫。比安卡在那边，和克里斯托、卡罗在一起。

“继续！”克里斯托高喊，“就这样，卡罗！对！太他妈的对了！”

他们跑回海滩，他们仨，嘴里嘟嘟囔囔地，带着激动和厌恶。

比安卡朝我们跑过来，两条死蝰蛇在她手里晃荡，她惊恐地睁大了双眼。

“我去了一片沼泽地！”她说，“发现了这些！蛇！见鬼的蛇！”

她看上去好像连呼吸都很困难。

“卡罗抓住的！”她说，“用一根大棍子梆梆地打！”

比安卡把它们举到眼前。

“蛇！啊哈哈！见鬼的蛇！”

“看！”她对来到她身边的卡罗说，“看！我什么事没有，伙计！”

卡罗又模拟了一下打蛇的动作。

“去死吧，蛇！去死！”他一边咆哮一边用手里的棍子敲打着沙滩。

九

当我看着他们在那个下午朝对方走过去，当我看他们打招呼、他们接吻、他们在彼此耳边喁喁私语时，我开始理解了，他们宛如一对璧人。当然，他们一向如此，只是现在他们在一起的美更深化、更甜蜜、更浓烈了。他们已经成了彼此的一部分，就像大海是海滩的一部分、空气是天空的一部分。他们伫立在那里，燕鸥在他们头顶翩跹起舞，浪花在他们的脚面闪烁。

他俩朝我们走来，神采奕奕。

“瞧，”艾拉说，“他来了。”

俄耳甫斯微微一笑。

“当然，”他对我们说，“难道你们怀疑我俩?”他拉起她的两只手。

“这是我的爱人，”他说，“我在第一瞬间爱上的人，我还没看见便已爱上的人，她也爱我。这**有什么**可怀疑的呢?”

艾拉叹息了一声，莞尔一笑。

“我怎么可能不来找她呢?”俄耳甫斯说。

瞧，艾拉用眼神告诉了我，**一切都是真的**。

比安卡和她的朋友们都不说话，只是看着。突然比安卡放声大笑。

“哇!”她高叫道。

“那是比安卡和她的朋友，”艾拉说，“他们和我们是一个学校的。”

他朝她们点点头。

“哇!”比安卡又喊了一嗓子。

“丁当东!”克里斯托尔也叫起来。

卡罗双手叉腰站在那儿，默默地注视着他们。

“想吃点什么吗?”艾拉问俄耳甫斯，他摇摇头。

“我们明天结婚。”艾拉告诉我们。

“早上。”俄耳甫斯说。

克莱尔，艾拉的眼睛在说话，**为我高兴吧**。

于是我站起来，拥抱了她。

“很棒，”我说，“我们会准备一切。”

我亲吻了一下俄耳甫斯光滑冰凉的脸颊。“很高兴你来了。”

我说。

“是吗？”他问。

“是的，是的。”

“太好了，她希望你开心。”

俄耳甫斯携着艾拉朝她的帐篷走去。我们都默默地站在那儿——高高的天空上，塘鹅向北飞去，拾牡蛎者在岩石间慢悠悠地寻觅着。时间一点一点一点地过去。

安吉丽娜开始练习她的婚礼吉他曲。我想写点类似婚礼赞歌之类的东西，却毫无所获。詹姆斯画着浓重的黑眼线。我们喝了点酒，吃了点意面。傍晚静谧极了，法尼群岛上空，片片彩霞好似未燃完的余烬。鸟儿停止了呼唤，猫头鹰的叫声响起。

比安卡踩着脚下的沙子，旋转着那条蛇。

大海静止了，潮水即将来临。

十

接下来发生的事，我该如何写？我不过是个女孩子。有为青年，现实，雄心勃勃，有教养，刻苦……

又是一个无眠之夜。跟汤姆说了让他别跟着我，听着海浪声、猫头鹰的叫声和我平稳的心跳声。陆地上传来一阵嘈杂的狗叫，也可能是狐狸的叫声，海上传来一阵奇怪的哀嚎。即使我待的地方笼罩在沙丘的阴影里，透过蓝色的帐篷，我还是看到了朗斯灯塔的灯光在扫射。我竖起耳朵听艾拉的声音，听俄耳甫斯的声音，可什么也听不到。

也许我其实睡着了，也许我还在等着醒来，也许这一切都是个……

不不，这样想没意义。

一天开始了，像每一天一样，空气纹丝不动，天空明亮，金红色的太阳从海上冉冉升起。我爬到外面的天光里，看到巨大的金色太阳挂在美丽的法尼群岛上，大海呢喃着絮语朝我们靠近。

安吉丽娜和玛丽亚已经穿好了参加婚礼的礼服：牛仔服和花裙子的混搭。玛丽亚戴了一条用贝壳穿成的项链。安吉丽娜戴着海豚造型的耳环和一顶估计是初中手工课上做的纸壳头冠。

她咯咯笑着。

“晚礼服！可不是每天都有姐妹结婚，对吧？”

我们笑起来，生起火，沏了些茶。玛丽亚开心地不停摩挲自己。“太激动了！”其他人也都陆陆续续从帐篷里钻出来。我们从水坑里拖过来一些石头，在干沙地上把它们大致堆成一个圣坛的形状，又在旁边摆了一圈石头。我们把嗞嗞冒泡的红酒和松香味希腊葡萄酒放到一个石头池里冷却。我们打开几罐橄榄和腌辣椒。我们还带了一箱奶酪，都开始发臭了。我们还带了很多饼干、一些脆玉米片和脆米饼，还有巧克力蛋糕。我们把毯子铺在地上，把这些食物摆在上面。

我们不停地咯咯笑，喘着气，冲彼此瞪眼睛。

“咱们真是疯了，”詹姆斯说，“咱们肯定是他妈的疯了。”

他涂上了深红色口红。

“打扮起来吧，女孩子们！”比安卡喊道。她站在沙丘边上，往空中吐着一缕缕的烟。她今天穿了一件金色金属胸甲，脚上蹬着一双及大腿根的长筒靴。

“准备开始了？”她高叫道。

“我去看看新娘。”我端着两杯茶走到艾拉的帐篷前。

“咚咚。”我低声说。

艾拉把门拉开，从里面射出一股强光，仿佛阳光浓缩在那橘色和白色相间的帐篷壁布上，又仿佛从帐篷里、从他们身上升起了另一个太阳。他们赤裸着身子，他们的皮肤是金黄色的，眼睛明亮。我几乎不敢看他们，但又无法将目光从他们身上移开。

“原谅我。”我发现自己在喃喃自语，艾拉笑出声来。

“别傻了，”她接过茶，“早上好，我亲爱的克莱尔。”

“早上好，艾拉，”我低声说，“早上好，俄耳甫斯。”

他也低声说，“早上好，克莱尔。”

我看到，他真年轻，和她一样年轻；真开心，和她一样开心。他们都是少男少女，和我一样，和我们所有人一样。像那样躺在那里，被爱情改造成了全新的人。可是真的会是我们中的任何人吗？难道一定得是他俩吗，艾拉和俄耳甫斯，俄耳甫斯和艾拉？难道他们的命运很久以前就已注定，在他们听到彼此的声音、见到彼此的面容，甚至在他们知道彼此存在之前？我是否……

我一定是在发呆，一定是被他们弄得出神了。

艾拉咯咯笑了，她在我的脸前挥挥手。“克莱尔，你在哪儿，克莱尔？”

我眨了眨眼。

“**我**才应该是梦游的那个。”她说。

“抱歉，我们正做准备呢。一定会……”

“很棒的。”艾拉说。

“对，很棒。”我努力做出开玩笑的口吻，“好像你们已经不需要什么仪式了。”

“我们需要。”俄耳甫斯说。

“是的，我们需要，”艾拉·格雷说，“我们一定要在朋友在野兽在鸟儿在大海在太阳的见证下结婚。”

“我能为你们做些什么？”我问。

“做些什么？”俄耳甫斯笑了，“你该做**一切**。”

“我的意思是，作为将新娘交给新郎的人，我是否有什么职责？”

“你的职责，”艾拉笑着说，“就是拥有你见鬼的生命中最开心的一天。”

“**我的**生命。”

“对，那样你就会和我一样开心了。说你会的，快说，说真心话。”

“好，”我告诉她，“是的，我会的。”

“棒极了。”

我转过身想离去，她伸出手，抓住我的胳膊。

“你会永远爱我是吗，克莱尔？”

在她的帐篷门口，她紧紧抓住我。“会吗？说会的，克莱尔！”她嘶声道，“快说！”

“会的。”我对着她的耳朵小声说。

“再说一遍！”

“我会永远爱你，艾拉 · 格雷。”

“说你永远不会抛弃我。”

“我永远不会抛弃你。我是你的，艾拉 · 格雷，一直到世界末日。”

“很好！”她说。

“很好，”俄耳甫斯说，“一直到世界末日，你必须这么说。”

说完，他越过艾拉朝我探过身子，也吻了我。

“谢谢。”他说。

“谢什么？”

他咧嘴一笑，好像突然害羞起来，我又一次感觉他和别的男孩——和山姆、和詹姆斯、和迈克尔、和任何一个陷入甜蜜的成长的烦恼中的男孩——没什么两样。

“为了艾拉，”他说，“为了让我们走到一起，克莱尔。”

咯噔。

“新婚快乐。”我说。

“新婚快乐，克莱尔。”艾拉说。

咯噔，我的心一沉。**咯噔，咯噔**。

我把我的晚礼服上衣和裙子、黄色鞋子和黑色帽子都穿上了。其他人也都打扮停当。

我们在岸边等候着，他们从沙丘里出来了，手牵着手。

俄耳甫斯穿了一件松松垮垮的淡蓝色衬衣，蓝色牛仔裤。手里抓着那把里拉。艾拉赤着脚，穿着那件彼芭裙子，几朵粉色的花儿胡乱插在头上。

连他们身上的阳光都比我们身上的阳光更明媚。

他们的脸庞熠熠地闪着金色的光芒。

“稍等。”安吉丽娜说。

“太他妈的迷人了。”詹姆斯说。

安吉丽娜取下一只海豚耳环，把它戴到艾拉的耳朵上。我们大家围着他俩站着——奇怪，在他俩身边，我们觉得有点儿别扭。

艾拉大笑。

“是否该告诉我们要做什么？”她说。

没人回答。

“先来点儿音乐！”她说。

安吉丽娜开始弹奏，詹姆斯吹哨子，玛丽亚打铃鼓，我敲石头，迈克尔舞动海带。

“跳舞吧！”

我们开始跳舞。我跳得很狂野，踢着沙子，趟着沙子跳到海边，然后再跳回来。我想让自己迷失在舞蹈中，忘却自己，忘却一切。我的心跳在加速，加速。

咚咚咚！咚咚咚！

艾拉把我拽了出来，她抓住我的胳膊，大笑。

“冷静，”她说，“开始吧。”

俄耳甫斯已经站在圣坛边，站在那一圈石头中心，他面对着大海、岛屿、天空。

太阳照耀着他的头发，勾勒出了一道剪影。艾拉捏了捏我的手，她非常安静。

“我准备好了。”她悄声说。我无法动弹。

“带我到圣坛，克莱尔。”她悄声说，“把我的手放进他的手里面。”

我肯定应该说点儿什么——一些劝告，一些祝福，一些箴言。我脱口说了些什么，我都不知道在说什么。

“你确定……”我开始了。

她用手指按住我的嘴唇。

“拉我的手就行了，”她低声说，“把我带到他那儿。”

我抓住她的手。我最后犹豫了片刻，然后带着她，在耀眼的北方阳光的照射下穿过英国辽阔北方这片迷人海滩的松软沙地，走过那段短短的路。

我走进那个石头圈里，来到祭坛。

其他人也都停止奏乐，默默地注视着。比安卡和她的朋友们沉默了，大海、鸟儿、空气也沉默，似乎整个广阔的世界都沉默了。我们一直走到他身后，他才转过身来。

“把我的手放进他的手里。”艾拉说。

我照做了，他握住她的手，转过身。

“问他是否接受我。”

“你是否，”我问道，“接受我的朋友，善良的艾拉？”

“我接受。”他回答着，叹息着，微笑着，仿佛一生都在向这一瞬间靠近。

“现在问我是否接受他。”她告诉我。

“你，艾拉，是否接受俄耳甫斯？”

“哦，是的，我接受。当然接受。”她屏住了呼吸。

“现在，克莱尔，”她说，“宣布我们结婚。快。”

我吸了一口气，然后低声说：“我宣布你们……结婚。”

“说我们可以接吻了。”

“你们可以接吻了。”我说。

他俩微微一笑，他们接吻了。她咯咯笑起来。

“完成了！”艾拉说。

“完成了！”俄耳甫斯喊道。

鸟儿又开始歌唱，大海开始呼啸，微风开始拂动。

山姆在他们的头顶撒下用《**失乐园**》撕成的碎纸屑。

“开啤酒喽！”迈克尔喊道。

“从海里把香槟拿来！”玛丽亚喊。

“咱们庆祝吧！”艾拉说。

我们喝酒，吃蛋糕，奏乐，唱啊，跳啊。阳光更强了。我们一把扯掉牛仔上衣、连衣裙、晚礼服上衣、靴子和帽子，把它们胡乱扔到用漂浮物扎成的那个人边上。我们使劲弹着音乐。我们伴随着音乐、伴随着噗通噗通的心跳，有节奏地呐喊。我们抛开所有关于家关于我们身后那个世界的思绪。我们走进意大利、希腊，走进改头换面的我们自己，走进美化了的北方。

我拥着艾拉起舞，就像不久以前我们在满天星斗下起舞一样。

“我爱你，克莱尔，”她说，“谢谢你为我做的一切。没有你……”

“嘘。”我小声说。

我用手指按住她的唇。

俄耳甫斯从背后取下里拉。

十一

俄耳甫斯边弹边唱。

诺森伯兰郡成了希腊。太阳火辣辣地照下来，阳光越来越温暖，温暖了沙子，温暖了我们的肌肤。阳光照在海面上，大海变成了湛蓝色。阳光照在白色的鸟儿身上，给它们镀上了一层金光；照在黑色的鸟儿身上，令它们流光溢彩。

俄耳甫斯坐在沙地上，边弹边唱。艾拉靠在他身旁，涂着红嘴唇画着黑眼线的詹姆斯和裸露的胸脯上缠着一条蛇的比安卡坐在他前面，然后我们几个，稍稍靠后一点儿。是音乐在弹奏俄耳甫斯，在弹奏我们所有人，弹奏整个世界。沙丘上的沙子飘下来，听他弹唱。滨草侧着身子，听他弹唱。鸟儿飞下来，海豹露出水面，螃蟹从水坑里爬出来。鼠海豚随掀起的海浪翻滚，海豚起舞。一条条蝰蛇从它们在沙丘里的藏身之处溜出来，溜出来。岩石好像也在朝这边滚？祭坛好像在动？海平面好像从来没这么高？音乐让我们的身体动起来，我们开始跳舞，感觉它在轻轻敲打我们的胸膛和喉咙，感觉它随我们的呼吸起伏，感觉它随我们的血液流淌，感觉它在分散我们的思绪，感觉它在毁灭我们，把我们从独立的个体变成一个整体，把泰恩塞德这帮孩子变成了一个与飞鸟、螃蟹、蛇和海豚同在，与大海、沙滩和天空融为一体的单独的生命——处于最中心的，是俄耳甫斯。音乐飘啊飘啊飘啊飘。北方沙滩上，少年的声音和简单的里拉琴，简单的音乐。这样的音乐来自宇宙最深处、来自时间尽头、来自我们身上最黑暗的未知的幽深之处。它是一首万物之歌——关于所有的生命、所有的爱、所有的造物，是一曲他为我的朋友艾拉·格雷唱的歌。

突然，音乐停止了，就那样停止了，就像那天在我家厨房一样。他放下里拉，摇摇晃晃地，似乎有些晕眩。他看着我们大家，仿佛很奇怪我们为什么会在这里，然后便从我们当中穿过，垂着眼帘。他一个人走了，爬上沙丘，消失在里面，蓝色的衣服随风飘动。

“这是怎么了？”比安卡回过神来，问道。

“真他妈的见鬼！”詹姆斯说。

“丁当东。”克里斯托·卡尔说。

“他为什么停下来了？”我们问。

“他这是去哪儿？”

“去那边了，看。”

“啊，对，看那边草上他冒出头来了。”

“是，在那儿，又到那儿了。”

“他说了什么？”安吉丽娜问。

“就说他会回来，”艾拉说，她笑了起来，“他总是在云游。”

她拿起一杯特易购的香槟酒，咕咚咕咚喝了几口。

“怎么可以刚弹奏完那样的音乐，”她说，“就立刻坠入人间。”

她哼着他刚才弹的几首旋律。

“想象一下，这是一种什么感觉。”她边说边踮起脚尖，朝内陆望去。

“让他一个人待会儿，”她说，“要是他不立刻回来，我就去找他。”

浪花翻滚，在我们的身后拍打着。

“其实他不适合这种场合，”她继续自顾自地说，“他……不太会交际。”

一架黑色喷气式战斗机在低空飞速掠过。

“你们会明白的，”她说，“一旦你们更了解他之后。”她眺望着沙丘、沙丘背后的切厄维特山和切厄维特山上方的天空。

“俄耳甫斯！”她柔声呼唤。

没有回答，只听到海潮澎湃，鸟儿鸣叫，还有远处另一架喷气飞机闷闷的轰鸣声。

“给我们弹点什么，安吉丽娜。”她请求道。

“好。”

安吉丽娜弹了一首甜美的乐曲，没有鸟儿降落。

“我去看看，”艾拉说，“如何？”

“我和你一道。”我说。

她立刻取笑我。

“他是**我**丈夫，”她说，“我会马上回来。”

她光着脚跑进了沙丘，我眼睁睁看着她光脚跑进了沙丘。一袋烟的工夫过去了，我们突然听到了一声尖叫，接着又是一声，接着是第三声。

我们发现她身边全是蛇印。

十二

她的脚踝被蛇咬出了几个细小的啮痕，冒着小血珠，特别特别特别小。我弯下腰用嘴对准它们，一边吸一边吐，一边吸一边吐。几乎什么味道都没有，只是略微有些苦，几乎没什么感觉。山姆把她从我身边拖走，抱起来，开始狂奔，沿着那个漂浮物扎成的人狂奔。他在软绵绵的沙地上趔趄了几下，于是便在海边趟着浪花跑起来，浪花在他脚边舞动着，闪烁着。玛丽亚、迈克尔、安吉丽娜和我紧紧跟在后面，我们跟不上他。所有人的手机都死机了，没电。我们一刻不停地按键，冲着手机咆哮，眼里冒着怒火。有人在不停地喊——可能是我，也可能是我们当中的任何人——

“救命啊！救命啊！快来救命啊！艾拉！艾拉！”

城堡下面的海滩上有几家人在玩耍，还有一些人在散步，他们惊恐地转过头来。

“蛇！”詹姆斯叫道，“蛇咬了艾拉！”

围观的人满脸震惊，嘴巴张得圆圆的，眼睛周围皱纹密布，就像某些古装戏里戴面具的演员。我们奔跑着穿过城堡下方不断伸长的阴影。山姆慢了下来，又开始趟着软软的沙子艰难前进。他大口大口地喘着气，哭泣起来。我们追上他，想帮他一把，便都围上去，抓住她的腿，想分担点儿重量，可她却像死人一般晃荡着，我们只是在帮倒忙。

“她没气了。”山姆喘着粗气说。他突然又来了一股劲儿，沿着瓦恩丁通向村子的柏油路跑了起来。

“她走了！”他喘息着说。

我跌跌撞撞地跑到他身边，胡乱地朝她伸着手，想去摸她的心脏。我碰了碰那些特别细小的啮痕。

“不过是蝰蛇而已，”我说，“它们咬不死人的，她没事。艾拉！哦，艾拉！”

“救命！救命！”我们高喊。

“艾拉！艾拉！”

“别死！”我冲着她的耳朵尖叫，“别他妈的死，艾拉·格雷！”

该去哪儿？村子里有几家宾馆、几座咖啡屋、一座教堂、一间礼品店、一家肉铺和一所画廊。我们踉跄地跑进中心绿地，跟小孩似的拼命喊起来。

“救命啊！蛇咬了我们的朋友！”

我们把她放在草地上，人们陆陆续续地从那些房子里朝我们走过来，那些正在享受初夏漫步的人们也停下了脚步。我们站在那儿，一群半光着身子的孩子，身边是她的身体，躺在草丛里。我们不知该做什么，不知如何是好。这时警察扒开围观人群进来了。就是以前那个警察，我们的朋友。

“蛇咬死了艾拉！”我们喘着气对他说。

“不可能！”他边对我们说便摸了摸她的喉咙，探了探她的脉搏，碰了碰啮痕。“不是蝰蛇。它们是会咬人，是会让你感到疼痛，是会让你感到短暂的恶心，可咬死人？不，从没发生过。”他从她上方俯下身去。“我敢肯定她没事。”他开始给她做人工呼吸，将生命的气息吐进她口中。“我敢肯定她没事。”他喘息着说。他又试了一次，又一次，然后拿出手机，颤抖着身子讲着话。

“他们说是蛇不过也可能是别的。不，她没反应。不行……那个我试了。不行……快点儿来，快点儿！”

我一把推开他，用手指掰开她的嘴。我开始往她的嘴里吐气，正对着她的嘴，我想把我自己的命吐给她，想把她从死神那儿召唤回来。

我冲着她张开的嘴巴大喊：“艾拉！艾拉！艾拉！”

周围的人在我们身边聚集起来，十几个，二十几个，三十几个。

我们听到沿海公路上传来了救护车的鸣笛声。

“别走！”我冲她喊道，“别离开我，艾拉·格雷！”

这时俄耳甫斯来了。他穿过人群走来，把我推开，自己朝她俯下身去，像我刚才那样开始往她的嘴里吐气，冲着她身体最幽深的地方唱起了一首绝望的歌。

“艾拉！艾拉！艾拉·格雷！”

他跪下去，弹起了里拉。他的身子探向她，龇着牙，仿佛想把音乐挤进她的身体。

“回来！”他高喊，“回到我身边来！”

这时救护车赶到了，两位穿着绿大褂的医护人员跳下来，一男一女，把俄耳甫斯推到一边。

“别在这儿哭，孩子！”他们对他说，仿佛他是个小孩子。

女医生摸了摸脉搏，检查了一下呼吸，然后开始给她做人工呼吸。男医生挤压她的胸膛，一下，又一下。他撕开她的婚礼裙，打开一个盒子，拿出一样器具，让我们都往后站。

他开始给她的皮肤施行电击。艾拉抽搐着，跳了起来。她又抽搐了几下。他们把她放上担架，抬进救护车。

他们让我爬上去，坐在她身边，让我握住她冰凉的手。

门关上时，我看到了俄耳甫斯，他正朝着海边狂奔，好似一头受了惊吓的野兽。

十三

“她跟我们说没事。”格雷夫人说。

“还说不会有麻烦的，”她丈夫说，“只要你在那儿。”

“她说克莱尔是最好的朋友，还说别人也都很好，通情达理……”

“有教养，她说。”

“说我们，**我们**太落伍了。”

“我们是从黑暗时代来的。”

“跟别人爸妈不一样。”

“别人爸妈都那么新潮，那么现代。”

“我们就心软了。”

“我们就让她去了。”

“我们让她去了，结果她死了。”

他们站在我家厨房，紧贴着后门，非洲面具和毕加索的画就在他们旁边挂着。妈妈听到了他们的声音，来到他们身边。不，他们说，他们不想坐。他们想喝茶，不，不要酒。

“我们已经崩溃了。”妈妈说，“我们多么爱她。”

“她就像我们另一个女儿。”爸爸说，他也进来了。

“她跟我们说过。”格雷夫人说。

“**他们**理解我，”她丈夫说，“**他们**知道我是谁。”

他们穿着灰色的衣服，脸孔也是灰色的。

“她是无心的，”妈妈说，“孩子们都这样。”

“你们很爱她，她知道。”爸爸说。

“爱？”格雷夫人说，“比爱还要深，我们给了她**一切**。”

“当然。”他垂着眼睛应道。

“**当然**。”格雷夫人也附和道，我看得出，她恨我们一家人。

“那个男孩，”格雷先生说，“当然她跟我们什么都没讲。”

“你们早知道了，当然。”他的妻子对我说。

“是的。”我回答道。

“那个所谓的歌手，那个流浪汉，那个……”

“他是跟别人不一样，”爸爸说，“不过他似乎没什么坏心。”

他俩都缩了一下身子。

“什么？”格雷夫人说，“你的意思是你**见过**他？”

“就一次。”爸爸说。

“他来**这儿**了？”

“是的。”妈妈说。

“他就坐在这张桌子边儿？和艾拉？”

“我们能看出他很爱她，格雷夫人。”

“哈，又来了，别提什么爱情！这么说**你**像爱最好的朋友那样爱她，**你**像爱女儿那样爱她，你们都看到那个浪子是怎么爱她的了，却什么都不跟我们说，你们还给他弄吃的喝的，眼看着他把她带上**死亡**之路？”

“不是这样的。”妈妈轻声说。

“不是？这就是你们理解的爱？必须跟秘密、谎言和死亡的结局挂钩？那**我们**对她的爱是怎么回事？那种想要保护她让她安全的爱是怎么回事？”

“对不起，”爸爸说，“现在我们意识到了，或许早该告诉你们。”

“哈！还有**你**，”格雷先生开始把矛头转向我了，“**你**又做了什么保护她的事？**你**又做了什么，哈，最好的朋友？”

“这是一次事故，”我回答道，“是一个百万分之一的概率事件，是蛇咬的。”

“根本不是什么事故，”格雷夫人说，“不是蛇咬的，是你、你和你，还有那群愚蠢的一丘之貉，是你们杀死了艾拉·格雷。”

十四

葬礼在冷冰冰的、外墙为灰色的圣托马斯教堂举行，它坐落在桑德街上，俯瞰着泰恩河。空气凝重，天是灰的，河是灰的，清冷的地平线上，大海也是灰的。没有鸟儿在歌唱。教堂里挤满了人：学校的孩子和老师、邻居以及被一个花季少女之死的故事吸引来的窥探狂，还有几位来自曾报道了班姆伯格海滩悲剧的《故事报》和《公报》的不修边幅的记者。人们穿着灰色西装，打着黑色领带，一片灰衣服的海洋。我们这些悲痛欲绝的朋友们一起坐在后面。我们穿着我们的古董衣服、我们的花裙子、我们的彩色马丁靴——这些都是艾拉喜欢的。比安卡和卡罗、克里斯托·卡尔坐得比较靠前。

没看到俄耳甫斯。

格雷夫妇单独坐在第一排，艾拉的棺材安放在他们身边的支柱上。人们唱着赞美诗、挽歌，念着阴森森的祷词，到处是哼哼唧唧的声音。我们不知该说些什么词，就跟这凄惨的风琴声嘟囔着一些似是而非的话。主啊嗯嗯嗯，我们将会嗯嗯嗯，他嗯嗯嗯。

格雷夫人走上圣坛，想说几句，可是却突然被一阵悲伤攫住，什么都说不出来。她丈夫走到她身边，凝望着我们。

“艾拉是世界上最好的女儿，”他说，“她太早离开了我们，但她将永远与我们同在，她与我们共度的时光将永远祝福我们。她永远闪耀在我们心中，我们的那一颗叫艾拉·格雷的明星。”

牧师告诉我们，世上所有有生命的东西都会死去。他告诉我们艾拉度过了美好的一生，天堂肯定留了个位置给她。他告诉我们大家都会光荣地重逢。他带领着我们又最后吟唱了一首可怕的赞美诗，哼唧声穿透香烟弥漫的呛人的空气，在教堂毫无生气的墙壁上回荡着。几个黑衣人把她抬了出去，然后驱车来到北希尔兹墓地。大地敞开，等待她的到来。他们把她缓缓放下去。又是一阵祈祷声，牧师向她身上喷洒着圣水，然后抓起一把泥土，撒在她身上，一直在呜咽的格雷夫妇也照做了。接着他们和许多其他吊唁者都相继离去。空气几乎凝滞。一阵细雨飘了下来。我停留了一会儿，伫立在坟墓上方。

我好想弯下腰，把棺材敲碎，把她给拽出来。

很快填墓人开始干活了，把一铲子一铲子的黑土掀在她身上，把她关了起来。

我讨厌这一切，我诅咒这一切。

死神，愚蠢的死神。

回来，艾拉 · 格雷！

十五

俄耳甫斯？没人知道他去哪儿了。自从他那天在班姆伯格跑了以后，就没人见过他。

因为悲伤，有人说。

因为内疚。是他给她施了魔法，她是跟着他走进沙丘的。

都不对。原因很简单，他根本就他妈的不在乎她，还想怎么样？他那种人，那种浪荡子。他从没爱过她，要是爱她，怎么会这样丢下她不管？

连葬礼都没来，连他妈的下葬都没来。

夜里，我躺在床上，睁着眼睛，哭泣着。

艾拉，我就不会离开你，我就不会让你光着脚跟着我走进沙丘，我会把你留在身边，我会永远爱你。

你现在在哪儿？我冲着麻木的黑夜轻声呼唤。

艾拉，我的爱人！你现在在哪儿？

时间一天一天的过去了，伤口还在。恐惧、自责、疼痛、悲伤，丝毫没减少。

这时他来了，毫无征兆。他出现在我家门口，在一个周六的下午。他立在那儿，还是那件外套、那双靴子，背上还是那把里拉。他的身后是灰蒙蒙的河流和灰蒙蒙的天空，没有太阳。

“你去哪儿了？”我问。

“到处跑。”

我妈妈从屋子里叫了起来。

“谁呀，宝贝？”

“没人！”我高喊。

我握紧拳头，真想抽他、捶他、弄扁他，让他流血、骨折，让他也体会一下我的痛苦。

“你为什么不在**这儿**？”我问。

“我在寻找。”

“**寻找**？”

“墓地和教堂，洞穴和隧道，壶穴和煤矿。”

“寻找**什么**？”

“撕开大地的裂缝，查看阴沟和下水道。”

“找**谁**？”

“艾拉·格雷。”

上帝，他是**认真**的。他疯了，他一直都是疯的。我把艾拉交给了一个疯子。

“艾拉死了，”我嘶声说，“她入土了。”

“我要去追随她。”

“什么？”

“我要去找她。”

“哦，俄耳甫斯。”

“我要去死神那里，把她带回来。”

我呻吟了一声，不过现在我看出了他的痛苦有多深。我朝他伸出手，碰了碰他的胳膊。

因为悲伤，所以疯狂。任何失去挚爱的人，任何不相信他们永远地走了、不相信他们再也回不来的人，都会陷入这种疯狂。

我也疯了，我无法相信我的艾拉走了，无法相信我将再也看不到她那张可爱的脸，再也感受不到她的触摸，再也听不到她的声音。

我张开胳膊环抱住他，我们一起默默哭泣。

“我坚持不下去了，”他说，“离开她我没法活。”

“我懂，”我呜咽着说，“哦，我懂。我懂。”

“你愿意帮我吗，克莱尔？”他轻声问。

十六

我关上门，和他一道朝泰恩河走去。河水流淌着，掀起一个个漩涡，微风轻拂。我们走过老船坞旧址，从地上老煤矿留下的裂缝上方跳过。我们走过艾拉和我在孩提时代走过的地方。我把我俩一起洗布娃娃、一起玩耍、泼水的地方指给他看。我看到了自己——一个小女孩儿，站在我指的那些地方。我看到了艾拉——她还是当年的模样，好像是见了鬼，其中一个鬼魂便是我自己。

天空和葬礼那天一样，灰沉沉的。

海上传来雾角声。

“我搞错了，”他说，“我一直都在错的地方找。”

他蹲下来，碰了碰开在水泥路边的一朵雏菊的花瓣。

“真美。”他说。

他闻了闻自己的手指。一只甲壳虫在他的指间爬着，他朝它吹了口气，让它又爬回到地上。

一只乌鸫在歌唱。他朝它转过脸，微微一笑，飞快地唱了几句，应答它。

“我一无所获，”他说，“我想我只有自杀了。”

一群鸽子在我们头顶忽上忽下地盘旋。他开始用口技模仿鸟鸣，他模仿的鸟鸣声大起来，越来越多的鸟儿飞了过来。他又模仿流水的声音，两条鲑鱼跃出水面。

“这时我意识到得回到这儿来。”他说。

他呼了一口气，仿佛在回应微风。微风吹得暖了，云朵露出一道缝隙，为一场惊心动魄的黄昏拉开序幕。两束耀眼的光线齐刷刷地穿过云朵射下来，照着城市。

“我意识到必须从这里开始，”他说，“一切开始的地方。”

我们继续向前走，一直来到奥斯本河和泰恩河交汇的地方。我们沿着溪流继续往前，朝七故事和克卢尼走去。

当我们抵达溪畔草坡时，天色已暗。克卢尼里传来音乐声，七故事里响起孩子们开心的尖叫。

“就是这儿，克莱尔，”他说，“跟我讲讲。”

我带着他走到河边趟着河水来到铁门前，来到嗒嗒作响的螺栓和铁锁前。铁栅栏下，河水在涌动，冲刷着我们的脚面。时间在流逝，四周夜色浓重，泰恩塞德的夜晚降临了。我讲了艾拉和我小时候的故事，我告诉他我知道的一切，记得的一切。我向他讲述了那些让我们开心的事，那些让我们惊惶逃跑的事情。我还讲了我俩一起过夜的事：那么多夜晚，我俩曾躺在一张床上，分享彼此的梦。我知道这一切他肯定都已经听过了，但他说想再听一遍，在这个地方，听我讲。他拨弄着里拉弦，引我说出那些话，像唱歌一样。我一直谈到认识她之前的时候。我跟他讲了她被收养的事，讲了格雷夫妇，讲了医院台阶上那个放在箱子里的婴孩。

“再往前呢？”他问。

“谁也不知道，她也只是梦到而已。”

“梦到？”

“那种任何人都会做的梦，黑暗，声音，水。”

“黑暗，声音，水。”他说，他朝铁门里张望，“就像这个地方。”

“对。我俩一起向铁门里看，看到了怪兽。我们站在门边，听它们唱歌。河水流淌过我们的身体，就像歌声一样。”

他放下里拉，弯腰掬起一捧河水，然后任由水从他的指缝间淌下，任由我们身边的夜色愈来愈深。

“我想一个人待会儿。”他说。

“你想……”

“就是这里，”他说，“这就是死神的入口。”

他伸出一根手指，按住了我的唇。

“如果你想让她回来，就必须离开我。”

我无法动弹，无法言语。

我凝视着黑暗。

我想摇撼那一道道门，想让自己的尖叫穿透它们。

“艾拉，”我用微弱的气息呼唤着，“艾拉！”

“别再说了，”他说，“回家吧，克莱尔，去睡觉，别管我，别回头。”

第四部

一

现在我该如何继续下去？我该如何讲述那一夜俄耳甫斯的行动？我不在场。离开他后，我没有回头。我在月亮的阴影里、在璀璨的城市之光中踽踽独行。回到家，我喃喃地呼唤着艾拉的名字，一直到深夜。那是怎样的一夜啊，光怪陆离的梦，梦里的时间全部支离破碎。我听到艾拉在喊叫，喊叫，喊叫。我跑向她，发现她变成了一个婴孩，躺在篮子里。我把她抱起来，搂在怀里，她咯咯笑着，悄悄说，**看见了吧？没事，克莱尔！我决定从头开始**。说完她就变成了一个成熟的妇人，把我拥入她的怀里，我抬头望着她那张美丽的脸，她摸着我的脸颊，像妈妈那样抚慰着我，呢喃着，**好了好了，我的宝贝，别哭**。还有一些突如其来的梦，难以名状，从我的心脏中蹦出来，在我的大脑中悸动，将我的骨头击得粉碎。那些梦仿佛是张开的虚无的大口，我掉进去，不停地往下掉，竭力想抓住永恒的碎片。还有一些梦令我在床上翻腾，床仿佛成了一艘在苦海上漂浮的小船。有时还能听到歌声，细细的，细细的，来自遥远的地方。是俄耳甫斯的声音，忽隐忽现，忽高忽低，随距离拉远而变弱，被痛苦、狂风和肆虐的大海击得粉碎。一首动听的乐曲，那么渺茫，一整夜时断时续，诉说了最深沉的爱、最强烈的难以企及的渴望。最后是一声凄惨的恸哭。我总算醒来了，摇摇晃晃地跨入了新的一天。

屋子里，其他人都还没醒，太早了，刚刚破晓，太阳刚刚才敢从海面上露出头来张望。我走着，跌跌撞撞朝着太阳走去，然后又折回来，朝奥斯本河走去。

路上，河岸上连个人影都没有。

我感觉自己都不像自己了，不像克莱尔。

我感觉自己不像任何人，不像任何东西。

俄耳甫斯靠着门躺在水里，我爬下铁阶梯朝他走去。河水匆匆冲刷着铁门、冲刷着他、冲刷着他的里拉，发出它特有的怪异的乐声。我涉过及脚踝深的水朝他走去，老鼠逃窜着穿过铁门的栅栏。他在喘气，大口大口地吞着空气和水。

“俄耳甫斯，”我悄声喊，“俄耳甫斯！”

他看着我，仿佛我是个鬼。

“是我，”我说，“我是克莱尔。”

“你说什么？”他呻吟道。

“克莱尔。”

“不！”他喊道，“不！”

“从水里出来吧，俄耳甫斯。”

他抓住大门的铁栏杆，摇晃着。

“是我，”我又说道，“是克莱尔。”

“你看到什么了？”他问，“在那儿！在**那儿**！”

我望着那团荡漾的黑暗。

“水，桥拱，阴影，什么都没有……从水里出来吧，俄耳甫斯。”

“什么都没有。对，什么都没有。说得对。”

他听凭我将他带到岸上。我们爬到草坡上，他环顾四周，缓缓地凝视着克卢尼、桥、七故事、永远向前流淌的奥斯本河，早晨的天空，太阳。

“**这儿**就是地狱。”他说。

我从他的衣服和皮肤上摘走奥斯本河河里的一片片垃圾。他的衣服都被水泡湿了。我摸摸他的脸颊：泪水和河水混在一起。

“我能做什么，俄耳甫斯？”我问。

“哈！”他轻喊，“从头再来，克莱尔，过另一种生活，在另一个地方重新投胎！”

他叹息着，自己也觉得这一切是多么徒劳。

“还有，不要把手机递过来。”他轻声说。

“什么？”

“这就是结果，克莱尔，从你把手机递过来的那天起，一旦开始，就没办法阻止了。”

我摇了摇头，幸好什么也说不出来。

“我差点儿就带她来了！”他伸出手，好像在抓什么，“她就在我身后，她差一点儿就在这儿了！”

他把手挡在眼前，遮蔽着阳光。

“太刺眼了！”他咕哝了一声。

他拨弄起里拉来，一声低而沉重，一声高而甜蜜。

“我找到了死神，”他说，“我找到了她，差点儿就把她带回来了。”

他继续拨弄着琴弦，呢喃着，唱着，讲述着这个故事。

“我会讲得很快，如实道来，”他说，“我会一吐为快，然后就走人。”

这个故事我也必须得讲出来。

可是该怎样讲一个与我们所了解的世界格格不入的故事呢？怎样讲一个和你我这样的现代年轻人格格不入的故事呢？

从头开始，克莱尔，找到故事这一部分的入口。

回到孩提时代，像一个孩子那样讲，就像很多年前我们还是小孩子时讲故事那样，那时我们会戴上面具，不再是我们自己，那时我们会变成鹿、老鼠、婴儿、老人、小妖精、外星人，这样我们讲起故事来就更轻松。

我来做一个面具。

我会消失。

我会戴上面具，让俄耳甫斯通过我呼吸，通过我说话。

我会做一个俄耳甫斯的面具，让他通过我来弹唱他的故事。

二

现在，在泰恩河畔的这所房子里，在静静的深夜，我打开了房间里的一扇橱柜门，自从我记事起，这个橱柜就在那里了。我把一只小手电筒伸进去照亮。我的手伸到最里面，碰到了软软的玩具、早已被丢弃的布娃娃、被遗忘的游戏、皱巴巴的立体书和图画书，碰到了塑料小野兽和几罐串珠，还有仙女的翅膀。

然后我摸到了我一百年前收起来的那个盒子。

那个古老的手工材料盒：一叠卡纸、几团毛线、几管颜料、画笔、胶水、蓝色塑料小订书机、红色塑料小剪刀。

我把它们放在窗边的小桌子上，一字排开。

深呼吸，现在开始。

在卡纸上画一个人脑袋的形状，剪下来。

现在剪嘴巴，尽可能剪得圆点儿，完美点儿，就像地球、太阳、月亮一样圆。还要够大，这样能唱出开心的歌曲，发出让人敬畏的嚎叫，能大口大口地吞下恐惧。

现在是眼睛，要剪得大一点儿，宽一点儿，能洞穿黑暗深处。

把颜料管的帽拧掉，在调色板上挤点颜料。

把画笔弄软。

把脸画成浅灰色大理石色。

用鲜红色勾勒出嘴唇。

用黑色画出眼睛，就像俄耳甫斯的眼睛那样。

现在轮到毛线团了。选黑色，剪出足够长度。

把胶水盖子拧开，在头顶部位抹一层胶水。把毛线摆成俄耳甫斯头发的样子，粘住，让它呈波浪状垂下来，和俄耳甫斯的头发一样。

把面具戴在脸上，透过眼睛往外看，用嘴巴呼吸。

开始消失。

开始有俄耳甫斯的感觉。

再拿点儿毛线，要够长，能把面具套在头上，用订书机把毛线尾端钉在面具边上。把面具戴在脸上，戴稳，就像很多年前你做的那样，那时你变得不是你了，那时你说你不见了，那时你变成了一个新的自己。

用那个大张着的嘴呼吸夜的空气。

用那睁大的眼睛凝视夜的黑。

消失吧，克莱尔 · 威尔金森，你这个人不复存在。

只有面具和在面具后面说话的俄耳甫斯。

克莱尔 · 威尔金森，走吧。

让俄耳甫斯来讲。

说我是俄耳甫斯。

我是俄耳甫斯。

走吧，克莱尔 · 威尔金森。

再说一遍。

我是俄耳甫斯。

我……

我……是……

三

我是那个穿着那件外套留着那种头发背着那把古老里拉的人。

我是那个停不下脚步、来去如风的人，那个把头扭向一边的人，那个稍作停留便又离去的人。

我是那个唱歌的人，一直唱，到处唱。

我通过一部手机结识了艾拉，但我和她早就认识，我早就爱上了她。我出现在学校外面，把她带了出来。我和她在班姆伯格海滩上举行了婚礼。就在同一天，在同一个海滩，她被带走了。

我知道爱离死有多近。

我知道快乐的孪生姐妹是绝望。

是的，我哭了，我当然哭了，可眼泪有什么用呢？只能把死者淹死，保存它们的尸体。

我做了我能做的事。

我歌唱。

歌声打开了一切。

我就是那个驯服野兽、让鸟儿从天上飞下来、让水往山上流的人。

我就是那个一路唱着歌穿过黑暗来到死神面前把她带回来的人。

你不信？

那听吧。

我来讲。

我他妈的来唱。

那个叫克莱尔的女孩，她永远不会真正明白的。她为什么要明白？我是那个入侵者，那个惹麻烦的人，那个贼。我把她的爱人拐走了，接着我失去了她。愚蠢、粗心大意的俄耳甫斯。不过我知道一定有办法能把我们的爱人重新找回来，是克莱尔告诉我该从哪里开始我的旅程。她把我带到了奥斯本河铁门那里，她让我回到艾拉身边，孩提时的艾拉，婴儿时的艾拉，做着关于婴儿之前那段时间的梦的艾拉，还有比通过生命之门更好的找到通往死神之路的办法吗？

这就是那扇门，这就是所有真正的旅行开始的地方。

走吧，可爱的人，我对她说。回家，睡觉，在梦中遗忘自己，让我一个人在这里哀悼。

我看着他走了。黑暗降临了，我站在漂着漩涡的奥斯本河中。我知道自己这一夜该干什么。

是啊，我在发抖；是啊，我的身子在摇晃；是啊，我的心中充满恐惧。

勇敢点，俄耳甫斯，我告诉自己。

摸摸河水，它用歌声浸泡着我。张开嘴，跟它一起唱，让我的歌声也随水波荡漾。

简单的声音，简单的曲调。

汩汩，涓涓，哗哗，滴答。

我弹起里拉，琴弦呢喃，好似奥斯本河的铁门在絮语。

听：嗡……

我冲着流淌的溪水歌唱，让我的音乐回到溪水的源头，我要朝着大门后的那团幽冥唱出我的声音。

让我进去！我唱道。

放我过去！

把双唇紧贴在栏杆之间。

分开！我唱道。

断开，让我过去！

我是俄耳甫斯。

打开吧，铁锁！

分开吧，栏杆！

松开吧，见鬼的螺栓！

欢迎我吧，幽冥！

带我走吧，死神！

啊！让我进去！

有谁知道我在那儿站了多久？有人看到吗？有人知道吗？也许有。铁门处那个唱歌的幽灵吓得拔腿跑开。没准他们听到了，没准他们知道这诡异的号哭声，没准他们也这么干过，而且给放进去了，就像围在我脚边的那群老鼠给放了进去一样，就像岸上那几只猫不去抓老鼠、那几条狗忘记了追猫一样。它们和这水一样，都中了魔法。它放慢了流动的脚步，它不想离开我，不想汇入泰恩河，汇入大海。周围的水越来越深，在我腿肚子和脚边聚起来，水是不应该能聚起来的。我用歌声截断了河水，它停下来，来听俄耳甫斯唱歌。

月亮是否爬下来了？

星星是否在靠近？

我不知道自己唱的是什么歌词，可我知道它们是什么意思。

开门，放我过去！

让我进去！

有的人或许会将门敲碎，有的人或许会想办法把门拆了。俄耳甫斯只是歌唱，唱得比以往更甜蜜，更充满渴望。

打开吧，你们这些门！松开吧，你们这些螺栓！开吧，铁锁！

分开吧，见鬼的栏杆！

啊，开门，让我进去！

现在！啊！按我说的去做吧！

我跪下了。

求求你们了！啊！就现在！

啊！

我进来，我过来了，奥斯本河大门在我身后，黑暗在我面前。别犹豫，别回头。我涉水而出，离开了生命和光明，走进黑暗。溪水试图跟随我，它们跟不了太远，可老鼠能。我唱着歌涉水向前，它们就在我的脚边乱窜。黑暗更加幽深，我继续前行。啊，看啊，听啊。扑通，哗啦，一分钟接一分钟，在无边的黑暗中前行。

咦，这是什么？还没走多远四周就已经全是魑魅魍魉，好多鬼魂。不过这些都是小鬼，没准是小孩子的梦把它们安置在这儿的，没准它们就是克莱尔和艾拉很多年前看到的那些移动的东西。看不清楚，它们在阴影中溜来溜去，尖叫、诅咒，用各种愚蠢可笑的办法吓唬我。

它们的呼喊声从墙上的裂缝中传来。

从隧道的旁支传来。

从水声中出来。

笑吧，俄耳甫斯。

这些不是我要征服的野兽。

他们威胁不到任何人，他们一无所知，他们才是害怕的一方。好玩又虚弱的小东西，他们甚至给我带来安慰。他们给了俄耳甫斯机会，让他能练习那些歌曲、声音、回音和魔法，他要在下界施展法术。

黑暗更加幽深，魔鬼徒劳地怪叫，俄耳甫斯继续前行。

城市就在我头顶——有家、有办公室、有道路的城市。有教堂，哈！有学校！哈！文明世界，井然有序，有条不紊。城里的人们都已经蜷缩在被窝里，互相讲故事，来镇住黑夜。夜色更深了，人们爱抚着彼此，然后睡觉，用哭声、呻吟声、呢喃声和呼噜声填满黑夜。襁褓中的婴儿会梦到魔鬼，年轻人会做关于爱的梦，老年人会梦到自己又年轻了。会有年轻人梦到沙丘里的蛇吗？他们会梦到下面正在发生的事情吗？梦到俄耳甫斯正在寻找艾拉？也许是克莱尔在做这个梦，梦到俄耳甫斯正在黑暗中朝着死神跋涉。

做梦吧，克莱尔。

我托着你的梦。

我在去找艾拉·格雷的路上唱着。

我在通向死神和重生的路上唱着。

隧道幽深曲折、起伏不平，越来越黑，越来越黑，越来越黑，越来越黑。这里当然是寸草不生的不毛之地。没有鸟儿，没有梁柱，没有虫子，没有苍蝇。没有东西在我脚边游动、滑动。就连老鼠都散开了，跑了。能看到老房子的石头、古尸的遗骸、被遗忘的野兽化石和古煤的煤层。我走着，跋涉着，越走越深，越走越黑。这些是谁？这些小小的、面色苍白的人？哦，是孩子。一群小孩子，七零八落的。他们看到我了吗？他们正趟着水返回大门，可是却到不了。他们飞快地挪腾着小腿儿，可是却在倒着走，走进黑暗深处。他们想要走进光明，却被黑暗吞没。哦，我明白了，他们不懂，不知道自己已经死了。我犹豫着朝他们靠拢过去，可是该跟他们说什么呢？什么也没说。我给他们唱歌，摇篮曲、童谣和爸爸妈妈会发出的那些声音。可我突然停下来了，这样做只会让他们想起自己失去的东西，无计可施。

最终我还是扭头走了。也许在死神这里得由死者自己决定自己是谁、来这里干什么。可对于这些在光明中只待了那么点儿时间的迷茫的小家伙来说，这太难了。这里有人爱他们吗？在下面，在这里，有人照顾他们吗？

还是往前走吧，俄耳甫斯。

继续走，跋涉，独自一人，走进黑暗深处。现在又看到一些人。他们有的靠在弧形墙壁上，有的弓腰站在水里，还有的在痛苦地逆流跋涉。这些人知道他们的命运，这些人知道他们已经回不去。他们看到我了吗？也许看到了，以为我不过是另一个平常的死者。

我走过他们身边，唱着歌。

我是这群死人当中唯一一个活物。

俄耳甫斯，歌手。

俄耳甫斯，带着他的里拉。

俄耳甫斯，来这里的目的是为了再次走出去的第一人。

现在我开始呼唤她的名字。

“艾拉！艾拉！艾拉·格雷！”

无人回答。

我周围那些跋涉的死人没有发出任何声响。

除了水声，琴声，歌声，再无别的声音。

这时有人悄声对我说话，太轻柔了，我都不能确定真的听到了；太亲切了，可能来自我自己身体深处。

“转过身，歌手。”

我仔细倾听着黑暗。

“歌手，你必须转过身来。”

一个女人的低语，甜美，柔和。

接着是一片寂静，我继续前行。

那群死者现在已经全部聚集在我身边，黑黑的身影，拖动着脚步前行。

别害怕，俄耳甫斯。

别怕。

地道开始多起来，新出现了一些弯曲、开口和分支，还有一些竖井和走道通向下面。有时会突然出现一些密室，乐声会传得悠长深远，然后是回声。艾拉的名字也传得悠长深远，然后是回声。还有一些洞穴，水从岩石上留下来，滴下来。

“艾拉！艾拉！艾拉·格雷！”

那个声音又出现了，微弱得几乎听不见。

“转过身，歌手。回头。”

别怕。

向前。

向下。我已经把奥斯本河远远抛在后面。

现在我四周都是奇怪的呼吸声，轻轻的呻吟声、吼叫声和听不出词语的呢喃声。

这是什么？越来越多的水，静静地，或者说几乎静静地。

流过我的脚面，就像呼吸一样。

水的那边传来遥远的恸哭、咕哝和低语。

我开始涉水。

没了脚踝，没了小腿，没了膝盖。

“你！”

旁边传来一声吼叫，一声咆哮。

“干什么的？”

我看到了眼睛，牙齿。一只巨大的爪子一样的手抓住了我的肩膀。一股热乎乎的冒着恶臭的气息喷到了我脸上。

“干什么的？”

我被它拽了过去，垂下来的毛发碰到了我的皮肤，我还感觉到了庞大的手臂，颤动的肌肉。

“说！” 它嚎叫道。

它强迫我跪倒在黑乎乎、冰冷的水里。

在黑暗中，它耸立在我面前，是长着牙齿、眼睛和血盆大口的最黑暗的幽灵。

“说！”

“我是俄耳甫斯。”

“你来这儿干什么？”

“我失去了我的爱人。”

它轻蔑地发出震耳欲聋的大笑。

“你失去了你的爱人！哦，可怜的家伙！”

“艾拉·格雷，我来把她带回去。”

“是吗？那我来帮你吧！哦，艾拉！艾拉·格雷！该回去了，乖！”

它用爪子掐住我的喉咙。

“哼，你这个活着的小笨蛋！我会把你一个胳膊一条腿地撕裂，来欢迎你。给我这只胳膊，给我这条腿，我来把你撕开。”

我感觉它的牙齿碰到了我的肩膀，它们开始用力了。

“让我唱歌。”我喘着粗气说。

“唱歌？好啊，边唱我边撕你。边唱我边喝你的血，吸你的髓。唱吧，我会把你的残骸抛到那边的死人堆里去。”

我把头从他的爪子下挣脱出来，开始唱。

我唱了，时而低沉、柔和，时而高亢、甜美。

它又笑了，又咆哮了，不过这次缓和了许多。

“我要撕你的舌头，敲碎你的头骨。我要咬你的皮，嚼你的骨头。我会让你感觉生不如死。”

巨大的牙齿咬住了我，湿湿的舌头开始舔我，松垮的双唇开始淌涎水。

我唱起来，弹着里拉。那个野兽——不管是什么——把我抱紧。就算在死神这里，我告诉自己，这种野兽也是可以被驯服的。

“你是干什么的？”在美妙的音乐间隙，我问道。

“我看守死人。我放他们进来，守护他们，只有死人才能通过。”

我继续唱。

我听到它声音里的叹息，我感觉到它的肌肉开始放松下来。

“让我过去。”我轻声说。

“没门！”

“请让我过去。”

“不行。哼，绝对不行。”

我唱，唱。它叹息，叹息。

最终那个下巴松开了。它睡着了，轻声打着鼾。

我继续涉水前行，走过那只野兽，趟过没过大腿的水，来到远处最黑暗的地方。

我上到岸上，只有光秃秃的大石头，只有无边的黑暗，似乎可以永远永远地延续下去。我走进黑暗，唱着歌。

除了我的歌声外，这儿还有些声音，不过太微弱了，太遥远了，仿佛是从另一个宇宙传来。谁会想到北方这所城市下面的空间会如此广阔呢？

“艾拉！”我悄声呼唤。

“艾拉！”我高叫。

“转过身来，歌手。”

传来了那个低语。

“艾拉！”

“我说了，转过身来。”

女人的声音，离我很近，近得仿佛是从我自己的耳朵发出的。

“你是谁？”它又说了一遍，就像无边的黑夜里一只猫头鹰在叫。

“我叫俄耳甫斯。”我唱道。

“回家吧，俄耳甫斯。”

然后便是黑暗，便是寂静。我听了片刻，继续前行。

这时又传来一声低语，跟刚才的不一样，更尖利。

“把你的故事唱给我们听，俄耳甫斯。”

又有一个声音。

“唱出来吧，小伙子。我们听着呢。”

于是我开始唱这个故事，可还没唱几句，就听到四周的黑暗中响起笑声。

“愚蠢的俄耳甫斯。”

有什么东西低语了一句。

接着就是一连串嘲弄的声音。

“愚蠢古怪的歌手。”

“这里可没什么故事。”

“只有故事的结局。”

“故事的尾巴。”

“所有的结局都一样。”

“那么一起来吧！”

“啊一二三四！”

“后来她死了，后来她死了，后来！

“后来她死了，后来她死了，后来！

“后来她他妈的死了，他妈的死了！”

“完，完了！”

“完了，完了，完了，完了，完了，
“完了，完了，完了，完了，完了！
“完了，完了，完了，完了，完了，
就他妈这么回事，就他妈这么完了！”
“啊哈——啊哈——啊哈——啊哈——哈哈
“啊哈——啊哈——啊哈——啊他妈的哈！”

别理他们，俄耳甫斯。唱她的名字。

让他们四处狼嚎鬼叫吧。

艾拉！

“再唱一遍！”他们大笑着，叫道。

可接着他们就声音渐杳，渐杳，渐杳。

我继续走进浓重的黑暗，直到再也走不动，再也唱不出。

我独自伫立在那里。

身后是移动的死人，是野兽，是各种怪叫声。

几千万年——也许几分钟——过去了。

什么都没有。

没有动静，没有声音。

什么都没有。

无法前行，无法回头。

无法嚎叫，高喊，咬牙切齿。

无法高喊："请把她还给我！"

什么都没有。

没有。

什么都没有。

一个时代过去了，也可能是一微秒。

"唱得好，俄耳甫斯。"

那个女人的低语又来了，柔和，柔和，柔和，太柔和太甜美了，几乎都听不到，就像最动听的里拉琴弦发出的声音。

她近在咫尺，如果我知道如何朝她伸手，如何去触摸，我一定能感觉到她就在我身边。

"你一路唱过来，好远。" 她说。

"你是谁？"

我听到她微微一笑。

"很久以前你应该认识我。"

"还有我。"

是另一个声音，男人的声音，他的声音是最粗重的琴弦发出的。

"你是谁？" 我又问道。

我听到他微微一笑。

"你已经一路唱着来到位于万物中心的空空所在了。" 他说。

"你们是谁？"

他们开口了，最深沉、最动听的琴弦奏出的和音。

“我们是死神，俄耳甫斯。”他们说。

“你找到我们了。”他们说。

“你现在准备做什么呢？”他们说。

我能做什么？我抓起里拉，走进这虚空。我把琴声和我的声音一道送进这空空的所在。

我歌唱上面的世界。我歌唱太阳、大地和大海。我歌唱诺森伯兰郡、班姆伯格海滩，浪花朵朵，亲吻亮闪闪的沙滩。我歌唱法尼群岛，连绵伸向地平线。我歌唱翻滚的鼠海豚，跳跃的海豚，嗷嗷叫的海豹，角嘴海雀在五彩云中飞翔，燕鸥在微光闪烁的低空跳舞。螃蟹、海葵和飞快游动的似乎能发光的小鱼。海带、墨角藻，还有蜗牛和海胆。干沙、湿沙和之间那条漂浮物带。岩石和岩石池。在滨草中呢喃、吹得浪花喷珠溅玉的微风。我歌唱那蛇、那支柱、那四处乱窜的老鼠。我歌唱叫喊着扑进海浪中的孩子。我歌唱奔跑的狗。我歌唱孩子们在沙滩上盖的城堡，他们在上面写的字，用石头和海带搭起的圣殿。我歌唱遥远的切厄维特山，飘浮的云，天空庄严的蔚蓝。我歌唱唱歌的年轻人。我歌唱生活在这样一个地方给他们带来的震撼。我歌唱他们用各种方法来赞美这个世界。我歌唱落日，黄昏与黑暗来临，蓝天变黄、变橙、红云满天，大海与天空融为一体的那一刻，一切似乎都悬浮在空中。初升的星辰，镰刀般的弯月，优美深沉的夜色。这片小小的海滩上空永远闪烁着灯火，绵延不绝，直到被时空吞没。我歌唱城市上空金色的光芒，歌唱转动的灯塔发出的光，歌唱篝火的噼啪声和腾起的火苗，歌唱烤香肠的香味，歌唱文火慢炖西红柿的样子。我歌唱一切食物的味道，歌唱红酒、清冽凉爽的水、盐的味道。我歌唱水果在舌尖上嘶嘶鲜活的味道。还有风轻拂肌肤的感觉，肌肤上的一粒粒海盐、一粒粒沙子和阳光灼烧一天后的刺痛。我歌唱细语呢喃，歌唱一阵阵的笑声和亲密。我歌唱年轻人在篝火旁、帐篷里和沙丘柔软的谷地里相爱。我歌唱老年人手挽手漫步。我歌唱这个世界，我歌唱这个世界，我歌唱这个世界。我歌唱**艾拉，艾拉，艾拉·格雷。**

"哦，俄耳甫斯。"死神低语，语气平和。

"让我带她回到那里。"我唱道。

他们沉默了一分钟，一天，

一个月，一年，一个时代。

我再唱。

再唱。

生命，我歌唱。

光明，我歌唱。

"她回家了，回到我们这里，俄耳甫斯。"女人。

"我们曾送她出去，现在欢迎她回来。"男人。

"我们对所有的孩子都这样。"

"我们一直爱她，俄耳甫斯。"

"我们等了这么多年。"

"那我呢！"我叫道，"我爱过她，现在依然爱着她，我想要的一切不过是多和她待一些时间。"

两人都叹息起来：出奇的动听，出奇的深沉。

“那她就又是你的了，永远。”

俄耳甫斯。

两人一道，女人和男人，说：***“对。”***

两人一道，默契地说：***“艾拉！艾拉！”***

我和他们一起唱，

我的声音夹杂在他们中间，和谐完美。

三声部和弦高唱起来。

“艾拉！”

“是的！”死神喘息着，***“她听到了，俄耳甫斯。瞧，她来了。”***

我发疯了似的去看，死神止住了我。

“你不能再失去她了，俄耳甫斯。”男人。

“在死神这里，你不能看到她。”女人。

“你必须带她出去，走向光明和生命。”

“那时她就又是你的了。”

“艾拉！”我大叫。

她的声音出现了，从虚空中飘来，从黑暗中飘来。

“俄耳甫斯！”

她的声音！

“俄耳甫斯！俄耳甫斯！”

“别看。”男人。

“她会跟着你，”死神平和地说，***“但你不能转身。只有把她带到外面的世界后你才能看她。”***

我犹豫着。

“你犹豫了？”死神问。

“没有。”

“那去吧。”

我走了。

“把她带到光明之处，俄耳甫斯。步行，涉水，唱歌。相信死神。她会与你们同在，俄耳甫斯。别回头。”

“多谢。”我唱道。

“走出去再谢吧，走吧。”

我走开了，走进及膝深的水里。我听到身后离我不远的地方也传来哗啦声。

“艾拉？是你吗？”

又听到她的声音！

“是的，俄耳甫斯。我和你在一起。”

我真想看看她，和她手挽手在水中跋涉。

“别转身。”

她悄声说，在我身后，近在咫尺。

我们从那只野兽身旁走过，它还躺在那儿，被动听的歌声震撼了。

“死神同意了，”我边走边悄声说，“死神说让我们过去。”

野兽遗憾地嚎叫了几声。我听到艾拉从它身旁走过，我们跳上岩石，那些嘎嘎怪笑的声音也都安静下来，只听到粗重的呼吸声，毫无意义的嘶声和鼻息声。

“艾拉？”我唱道。

“在，俄耳甫斯，我在。”

我们走过一波又一波驯顺的幽灵。

我们走过那些不情愿的幽灵，那些迄今仍未能接受不可逃避的命运的人。

我弹奏着音乐，我们的脚合着轻松、有规律的节拍走向光明。一步又一步，一步又一步，一个音符又一个音符。

“哦，可怜的孩子们！”

经过那群小孩子时，我听到艾拉在叹息。

“没用，”我对她喊道，“朝他们微笑，同情他们，但要继续往前走。”

现在可以看到几丝微光在前方闪烁。不。

我是否太想看到光明，出现了幻觉？

“艾拉！”

“哎，俄耳甫斯我在这儿。”

“太棒了，是不是？”

“是的！我要离开学校。”

“真的？”

“我要离开格雷夫妇。

我已经够大了。他们肯定会阻拦我，随他们去吧。”

“我们一起旅行，一个男人和他的妻子。”

“走得好远好远，俄耳甫斯和艾拉。”

"艾拉和俄耳甫斯。"

"咱们要生孩子！"

"孩子？"

"对！想想看！
俄耳甫斯和艾拉的孩子！"

"好。"

"不，俄耳甫斯！不要回头！"

我没有。我加快了节奏，加快了我们的步伐。我比刚进来时快多了。我知道通向生命的道路，知道如何穿过那些拐来拐去、向上攀升的地道。我们上面就是城市，就是文明世界。

人们睡了多久？我离开了多久？一微秒，一百万年？上面是什么样子？他们刚刚睡一觉醒来？还是一个新的时代到来了？城市消失了吗？整个世界都变了样？整个世界是不是都没了？

对，上面那个地方就是光，地道向上升起。

我匆匆地走啊，走啊。

"是不是太快了？"我问她。

"不，俄耳甫斯。啊，看哪，光！"

我走过那群傻乎乎的魔鬼待的地方。

我弹起琴，把它们的叫嚷声变成音乐。

"呸……

"嘶……

"哪……"

艾拉咯咯笑了，也加入了进来。

“我知道你们是谁！”

她笑道，“我以前还是个小丫头的时候，看到过你们，被你们

吓到过！还记得我和克莱尔朝里面看你们吗？

呸！”

我跳起舞来，让音乐旋转、弯曲，让我的身体摇摆。我们在奥斯本河水里、在回家的路上舞动着。老鼠又回来了，在我的脚边乱窜。我用歌声把艾拉从死神手里夺了回来！我要用爱的舞蹈带她回家！

我们离光明越来越近，越来越近。

看到门了。门外，是早晨。

水在门的里外涌动着，在我的脚边涌动着。

在艾拉的脚边涌动着。

“快点！”我叫道。

“跟上来！”

“别回头。”

我到铁门那儿了。我抓住栏杆，大笑。

“分开！”我唱，“开启吧，铁锁！松开吧，见鬼的螺栓！”

我对着它们唱啊唱。

“打开！让我们出去！”

艾拉等待着，就在我身后。

“喂，让我们出去！”

她也高喊。

啊！她碰了我一下。

只不过是特别特别轻柔的一下，

落在我的肩膀上。

此时还有谁能忍住不转身？

有谁能不从上锁的大门处回过头，查看一下他们是否被欺骗、他们的真爱是否还在那里？

谁能忍得住？

当然他妈的是她，当然。

就在我看到是她、就在我们终于朝彼此伸出手、就在我们的目光悲喜交集地相遇那一刻，她已经回去了。她已经走了。我被甩了出来，甩到恰恰是我启程的那个地方，在门的另一端，错误的一端。只有空荡荡的地道，重新通向死神。铁栅栏在嗡嗡作响，螺栓和铁锁发出当当声，老鼠在我的脚边乱窜，阳光洒在我身上，到处都是浓浓的黑暗。

哦，见鬼，俄耳甫斯你这个蠢货。艾拉·格雷当然他妈的不在那儿了。

四

摘掉面具。

放下。

它的任务已完成。

重新做回克莱尔。

悲惨的克莱尔 · 威尔金森。

艾拉差点儿就回来了。

她差点儿就又到这儿了。

可俄耳甫斯回头了。

咯噔。

五

那天早上我发现他躺在铁门外面以后，他给我讲了整个故事。奥斯本河脉脉流淌，铁栏杆嗒嗒、嗡嗡作响，阳光照着整个泰恩塞德河，越来越烈。期间他从未问过我是否相信他的话。快要讲完时，他的目光移开了，一会儿望向凌乱的城市，一会儿望向单调的大海。他想走开。我想了一些问题，想留住他，可大部分问题都很愚蠢，于事无补。

“她很可爱？”我问他，“跟生前一样？”

“是的。”他说。

我朝铁门望去，仿佛看到她站在那儿，站在光明的边缘。我想象着自己也站在门边，呼唤着她，呼唤着她。

“假如我那天没把手机递给你，”我说，“假如我没有……”

他摇摇头。

“哦，克莱尔，现在谈这个已经没有意义了。”

“你可以跟我回家，”我说，“咱们可以吃点早餐……咱们可以……”

他只是微微一笑，垂下眼睑。

“你真这么想吗，克莱尔？”

“你怎么办呢？”

“我会去流浪。我会唱歌，我还能干什么？”

“还能再见到你吗？”

“也许你能听到我。”

我们注视着彼此，目光凄惨，无望。他深吸了一口气，又吐了出来。

“谢谢你。”他轻声说。

“谢什么？”

“谢你帮我再一次找到了她。”

他唱起哀歌，如此凄凉，如此悲伤，如此动人，似乎整个世界都在哭泣，包括我。

“如果没有你，”他对我说，“我甚至都不知道有她这个人。”

说完他拥抱了我一下，转身离开，然后从河的另一端爬上岸，奥斯本河的河水从他身上滴下来。他没回头，而是原地伫立了片刻，天空闪烁的光勾勒出他的剪影。后来他朝北走了，很快便不见了。

第五部

一

他在阿尼克的夏日市集上卖过艺。他在林第斯法尼岛站在齐腰深的海水里，被海豹簇拥着，对着天空歌唱。他在切厄维特山像个流浪汉一样游荡。他在房车露营地、度假小屋和农舍要过面包。他在西蒙塞德山和嬉皮士一起蜷缩在一圈印第安人帐篷里。他躲在伍勒边缘一座破败的古堡里。他的歌声比从前更加动听，歌声中的悲伤和渴望令人心痛，让人心碎。树木垂下枝条，细雨落下，有人看到牛羊都在哭泣。不，真相是：这个歌手已经变得很凶残。他在慢慢脱去人形，他四条腿着地，在地上爬，像疯了的动物那样狂吠乱叫，所有活物都躲着他。

他也可能去了更远的地方。他曾去了希腊，在帕提农神庙前的台阶上弹唱，在向着小岛缓缓航行的渡船上弹唱。他曾在克里特岛的沙滩上弹唱。他曾在罗马的西班牙阶梯上弹唱，曾追随圣弗朗西斯的脚步在托斯卡纳山区弹唱。他曾在波罗的海的邮轮上做过酒吧驻唱歌手。他曾在纽约加入了一个乐队，出了一张专辑。他曾在史卡拉歌剧院排练蒙特韦尔迪的作品。他即将在“英国达人秀”中出场。他……

一切都是谣传，没一样是真的。这些故事不过是那些闲人、爱飞短流长的人和小孩子们闲磕牙用的。它们随风而逝，随雨飘落，由乌鸫的嘴唱出来，由乌鸦的嘴呱呱叫出来，由傻乎乎的海鸥尖声喊出来。

这些故事背后，是沉默。也许真相就是很多人说的那样——俄耳甫斯淹死了，他割腕自杀了，他服用了过量药物，俄耳甫斯他死了。

冬天，一切都沉寂下来。我们大家都拼命地学习、学习、学习，为来年的考试做准备。我们读课文，一遍又一遍，想默背于心。那些爱过她的人都在书中夹了一张她微笑的照片。她是我的课本、笔记本、乱写乱画本的书签。她在我的思绪中行走，在我的梦中跋涉。有时我在寂静的深夜醒来，听到外面街道传来湿漉漉的脚步声，听到她在喊：**克莱尔！是我。他们又放我出来了！**我听到她爬我家的楼梯，摇晃我的门。**开门！让我出去！**

有时我壮着胆打开门，却什么都没发现，只看到黑黢黢的陡峭的楼梯井，还有她的声音，在里面回旋着，渐渐消失。

雪落下来，越积越深，越积越深。气温骤降，零下十度，零下十五度，连城里都这样。这样的寒冬里，我想到了俄耳甫斯，他可怎么过冬啊？不过他一定有办法，这么多年了。这些天我不管走到哪儿，都会想象下面的世界。坚实的地面下空无一物，每一道裂缝下面都是那广袤的峡湾，每一个洞口都是通向永恒的入口。

奥斯本河的铁门上挂满了冰凌。铁栏杆和铁锁上被厚厚的一层冰包裹，河边也出现了一条结冰带。在大门那边，在寒冷的昏暗中，那些熟悉的鬼影忽隐忽现。

我们还会在克卢尼聚会。我们围着围巾坐成一个圈，靠着彼此来取暖。我们谈到意大利、希腊，谈到来年春天、夏天我们会做什么。可是诺森伯兰郡给我们留下了那么痛苦的回忆，还能去哪儿呢？我们谈到了再往南去的一些地方——约克郡、萨塞克斯、康沃尔——却对它们毫无半点激情。奇怪，我们在北方所失去的似乎让这个地方更具魅力，吸引着我们想再回去。会再去的，我们说，我们要在那里祭奠我们那位逝去的朋友，或许他会再来。很多人都想着这一点，可没人敢说出来。

一天，比安卡在走廊里拦住了我。

“还没信儿？”她问。

“什么信儿？”

“当然是他的信儿，见鬼的俄耳甫斯的信儿。”

我耸耸肩，我告诉她没有。

“他会回来的。”她说。

“是啊，”克里斯托·卡尔从她身后跟上来，说道，“那家伙才不会就这样消失了呢。”

“他的心都碎了。”我说。

“他是个小伙子。”克里斯托说。

“她也不过是个姑娘。”比安卡说。

“他会过去的。”

“很快就会理智起来的。”

他俩咯咯笑着，不怀好意。

“他可以看看这儿有没有合适的。”

“太他妈对了，咱俩就挺好。”

“丁东。”

“丁当东。”

“丁当丁了个当东。”

新的一年来到了。北方的寒夜温和起来。我们也敢动春天的念头了。春天来了，很慢，很慢。

一个周一的上午，詹姆斯来到我身边。

“我觉得我看到了他。”他说。

“他？”

“俄耳甫斯。”

“什么时候？”

“昨天。”

“确定是**他**？”

“确定。”

“在哪儿？”

“我在克拉斯特，和保罗一起。”

“保罗？”

他脸红了。

“我朋友。”他说，“天气太好了，还没解冻，可空气却像水晶一样，海是湛蓝色的，我们在海滩和沙丘之间那条通往邓斯坦堡的小路上漫步。你知道吗？”

是的，我知道，又一个北方美丽的所在，又一个值得歌唱的地方，又一个激发文字和故事的地方。黄沙，黑色岩石上的黑色的鸬鹚，海岬上嶙峋的古堡废墟。

“我简直不敢相信，”詹姆斯继续说道，“是他。那头发，那外套，那里拉。是他，我对保罗说。谁？他问。俄耳甫斯，我告诉他。他坐在海滩上，还有几个人和他一道。当然，保罗很想见见他。”

“你也想，对吧？”

“对。所以我们就下去了，到了沙滩上。其他人围坐在他身旁，成个圆圈。我感觉他抓着那把里拉，可是没有弹。”

“只有男生，没有女生？”

“没有女生。我们下到海滩后他们扭过头来，他们挤在一起，能看出来他们不欢迎我们。俄耳甫斯转过身，看到了我们。我说出了他的名字：俄耳甫斯。他好像也没认出我。‘我是詹姆斯。’我说。其中一个家伙走过来，让我们走开。‘俄耳甫斯，’我又说了一遍，‘我认识艾拉，那天我也在……’他看了看我，我敢保证他想起来了，可他又朝大海转过头去。那个家伙就站在我面前。‘回到你们来的地方去。’他说。‘可我认识他。’我说。‘不，你不认识，’那家伙说，‘你什么都不知道。’保罗来到我身边。‘我说走开。’那家伙说。接着又过来一个人。我说我们不想惹麻烦。我喊俄耳甫斯，我问他还好吧。他又看了看我，但没有回应。‘瞧，’那家伙说，‘他不认识你，他不想认识你，他想让你走开。’我不知道该怎么办了。有几个家伙看上去冷酷无情：皮衣，靴子，感觉他们就在等一个借口好跟我们吵架，也许他们只是在保护他。‘算了。’保罗说。于是我们就走了。我不停地回头，俄耳甫斯根本不理我。我们一直走到邓斯坦堡。我想跟保罗讲从前是怎么回事，他的音乐是什么样儿的，可是却讲不出来，真的。我们后来又回去了，俄耳甫斯和他的伙伴们都走了，只看到他们的脚印儿，从沙滩到草地，哪儿都没有他们的踪影。”

“真是他？”

“是的，我敢肯定，一定是因为……”

“不会是因为你太希望是他看花眼了吧？”

“不，不。”

“他看上去还行？”

“跟以前一样。”

“容光焕发？”

“容光焕发，老样子，就跟没在那儿似的，好像他根本不出现在那儿，老样子。”

那年春天山姆学会了开车，他爸妈允许他借他们的车开。他带我到杜伦山和南希尔兹做了几次短途旅行。有时他会停在隐蔽的路边，我们会笨拙地做爱。他越来越自信了，一个星期天的上午，他带着我们向北开，过了泰恩河，过了煤田，朝海滩开去。

“这就是我想要的生活。”他说着，猛踩油门，朝大海全速冲去。“无拘无束，自由自在，”他说，“世界太他妈的美好了。”

他知道我心不在焉。我让他带我到克拉斯特，到邓斯坦堡，到班姆伯格那条和沙丘平行的路上。我让他带我开过大堤，到圣岛上去。他看到我朝车窗外张望着，试图看到我们失去的那个人。有那么一两次我感觉是他，就大喊出来："那儿！山姆！那儿！"可是，不是他。

"放弃吧，克莱尔。"山姆说。

"呃？"

"他走了，跟她一样，就算没走他也不会想见你的。"

我一言不发，一群受了惊的牛从旁边的田野踏过。

"他现在只想跟小伙子在一起。詹姆斯那样的小伙子，这才是真相。"

"是吗，现在？"

"对，是的，他现在变成了这样。"

他瞪了我一眼，突然开始加速。

"见鬼，我送你回家。"他说。

回 A1 的路蜿蜒曲折，他开得太快了。在豪伊客，一只雉鸡悠闲地从我们面前走过，他来了个急刹车，车歪歪扭扭地拐进了路边的树篱中。他把头伏到方向盘上。

"下地狱吧，克莱尔。"他说。

我等待着。蒺藜、断枝和树叶刮着我这边的窗户。他继续诅咒我，然后把车倒出了树篱。他不敢查看车身的损坏情况，小心翼翼地开走了。

他的眼里含着泪。我们默默地开着，我们上了 A1，开始朝南开。

“没有用，是吧？”他问。

“你根本不在乎我，对吧？”他问。

“哦，山姆，”我轻声说，“我当然在乎。”

“你把我当傻子了。”

“没有。”

“那我有什么问题？”

没有回应。

我们朝家开去。

“也许你应该再找一个艾拉，”他说，“放过小伙子吧。”

漫长的沉默，两个人都是。

“是的，”他说，“也许这样才正常。”

那些故事是怎么传播的？怎么被添油加醋的？怎么势头这么猛？人们听到一些词儿便开始编故事。他们玩味这些词儿，打磨这些词儿，再造这些词儿，深化这些词儿，然后把这些词儿甩出去。那些传说像水一样流淌，一路有新的水流汇入，还有漩涡、涡流。它们发现了新的线路，流过新的河床，冲出新的沟渠，汇集了不同的支流。

“他是同性恋？”有一天在学校院子里，卡罗问道。“这有什么大惊小怪的？他一直就是一副基佬的样子。”

其他人也都迫不及待地加入了交谈。

“一直。”

“一开始就是。”

“太他妈的明显了。”

“那种外套。”

“那把里拉。”

“那种见鬼的声音。”

“对，那种声音。”

“还有他站那儿唱歌的样子。”

“哦哦哦，我是俄耳甫斯。”

“唔唔唔，我帅呆了。”

“啦啦啦，快看我。”

“见鬼的杰西。”

克里斯托 · 卡尔两手叉着腰，歪着脑袋。“见鬼的骗子。”

“哈哈哈哈！”

比安卡把上衣脱下来。“连这个都注意不到，肯定是基佬啦。”

咯咯，咯咯。

“骗子！”

“哈！”

嘲弄之歌飞入云霄，与鸟儿的歌声、风声和流水声交织在一起。他们笑得更厉害，玩笑话也更多，不过玩笑中带着恶意，笑声中也逐渐有了仇恨。

骗子，装腔作势，耍弄人。把大家都骗了，把可怜的没了的艾拉也骗了。

“是啊，特别是艾拉 · 格雷。”

“是啊，尤其是那个可怜的姑娘。”

“他明明知道自己在干什么。”

“他当然知道。”

“死得活该。”

“可恶的小白脸。”

“肯定不是初犯了。”

“肯定他妈的不是。”

“肯定有好多艾拉 · 格雷。”

“艾拉接着艾拉。”

“要是不阻止他，还会有更多人前仆后继的。”

“骗子。”

“杀手。”

“对，可恶的杀手。”

“对，他要不出现她肯定还跟咱们在一块儿呢。”

“杀手。”

“杀人犯。”

“他会遭报应的。”

“咱们得想法找到他。”

“他会罪有应得。”

多么恶毒，多么轻蔑，似乎已完全失控。是的，他带来了麻烦，但他也带来了快乐，带来了爱，他这样的音乐在我们这个世界闻所未闻。可一切都已像潮水般反转，像大地一样无情，崇敬变成了鄙视，震撼变成了怀疑，笑声变成了野蛮，爱变成了恨。仿佛一切注定要反转，仿佛由俄耳甫斯所唱的赞歌注定会变成一曲由他们所唱的仇恨之歌，并推动他们继续唱下去。很快他们就要谈论如何寻找他、搜索他、惩罚他。

“咱们要让他遭到报应。”他们叫嚷着。

“要让他付出代价。”

春天加快了步伐，加强了力量。舒展的叶片，初绽的花，黄灿灿的水仙花在草丛中吹响胜利的号角。考试快来了，我们更用功了，更用功了。大家都压力重重。耀眼的阳光从教室的窗户射进来，整个世界都在对我们说要出去玩，可我们却必须在这里埋头学习。卡拉卡托老师吼叫着，嘟囔着，敦促着我们继续用功。这都是为你们好，他说。现在严格要求自己，以后就能坐享很多年的幸福。别分心，眼睛要盯着犒赏。

三月末的一个下午，当比安卡把书往旁边一推、嘟囔了一句时，他爆发了。

“芬奇小姐，怎么回事？”

“太他妈的**没意思**了。”

“继续。”

“全都他妈的是**老古董**。”

他站在过道上，站在我们中间，他强压怒火。

“**《失乐园》**！”比安卡继续说道，“‘绝望就是我的结局。’屁话，我们还要活呢。我们还**年轻**！”

“婴儿期这个词可能更好。”

“走开！”她冲他咆哮道，“老朽这个词真适合你。筋疲力尽，有气无力！没用！他妈的老古董！看看你自己，老头！”她站起来，瞪着我们所有人，“看看你们！还没他妈的来得及年轻就老了！”

“出去！”卡拉卡托老师说。

她没动，咧嘴一笑。

“出去，你……”

“说呀，”她讥讽道，“你都等了好几个月了……”

“你这个笨孩子，你这个小丫头片子，你……”

她咧嘴笑了。

“哦，先生！”她傻笑。

“出去！”他喊道。

她平静地从靠背上拎起自己的书包。

冲他嘟了嘟嘴。

“不许这样！”他飞快地说。

“不许哪样，先生？”她问。

她歪着头，把胸前衬衣的褶皱抚平。

“出去！”

他走到她身边。他的眼睛凸出，他的脸涨得发紫，他的双手攥成了拳头。

他突然泄了气，呻吟了一声。

“回去吧。”他咕哝了一句。

“回哪儿？”

“从哪摊泥里滑出来回哪儿去，你这个荡妇……”

“啊！您怎么能用这种语言，先生？”

她舔了舔嘴唇，冲他抛了个飞吻。

“再见，老头儿，”她说，“再见，各位，去下地狱吧，你们每个人。”

她走出门去。克里斯托尔从椅子上跳起来，跟着她出去了。

卡拉卡托老师关上了门。

“你们继续学习。”他咕哝道。

“原谅我。”他轻声说。

“那不是我。”他说。

“哦，上帝啊！”他叹了口气。

我们注视着那两个女生穿过院子，正像几个月前我们曾注视过艾拉一样。她俩手挽着手，昂首阔步地沿着学校院子边缘走着，走进微光闪烁的一片苍茫。

她们没有转身。

她们走出我们的视线，走向故事的结局。

二

下面就是她回来以后发生的事——比安卡，才两周就回来了。是夜里，不知怎么停电了，我正在看书。我复习累了休息一会儿——我想把古代那部分赶紧过掉。我打开手电筒，照着手里那本《世界的妻子》，却根本看不进去。我朝外面望去，闪闪发光的星星下面，泰恩塞德郡大片大片地笼罩在沉沉的黑夜里。狗在叫。有人在尖叫：估计在玩什么疯狂的游戏，也可能是谋杀案，没办法知道了。

老妈在楼下喊我。

“有人找你!”她叫道。

我下楼来，发现比安卡站在厨房里——火光和烛光映着她，她的皮肤闪着光，头发歪歪扭扭，衣服上好多黑黑的污点，背着一个小帆布背包。比安卡，一副顺服的样子，脖子上刺着文身，在酷彩锅和毕加索画的包围下显得特别格格不入，好像从另一个世界来的。

“是比安卡。”老妈喃喃地说。

她边说边朝我瞪大了眼睛。

“她说她是你的朋友。”她说。

“是的。”

“学校的?”

“对。”我说。

我碰了碰比安卡的胳膊。

“我给你弄点儿吃的?”我说。

她摇摇头。

“不用。”

“上楼吧。”我对她说。

我们上楼了。我让她坐在床上，我什么都没问，我们默默地坐了很长时间，或许我知道她要说哪方面的事情。

最后她把手摊开，摩挲着上面的污点。

“是血。”她轻声说。

“还在那儿。”她轻声说。

她叹了口气，把手伸到帆布背包里，拿出了一小瓶伏特加，把它递给我，我摇摇头。她拧开瓶盖，咕咚喝了一口。

“我爱过他。”她说。

“他？”

“俄耳甫斯。”

“可你说的那些关于他的事情，那些事情……”

“我一直爱他，从一开始，从那天在学校看到他开始，还有后来在海滩上看到他。听到他弹琴、唱歌，我……被他迷住了。”

“我还以为你讨厌他。”

“还以为我再也无法接近他，开始有艾拉在，后来又是你。”

“我？”

“对，克莱尔，你。如果他能拥有你这样的女孩，还要我这种货色干吗？”

她又咕咚了一口。

“他太美了，”她喃喃道，“对吗？”

“对。”

“他让你听到的东西，他让你感受到的东西。”

“是的，我懂。”

她把瓶塞又拧回到酒瓶上。

“我喝得醉醺醺的，”她说，“不过我看到的都是真的。”

我继续等着。

“是爱，”她说，“尽管我自己到现在也没弄明白，但你不会因为怨恨而去寻找一个人的。”

“你去找他了？”

“是的，就像我在他婚礼那天做的一样，离开家，向北走，找到那家伙，张扬自己，献上自己，我什么都愿意做，不管什么。”

她看着我，像个孩子，来我这里寻找安慰。

“哦，天哪，克莱尔。”她说。

她的眼泪开始往下掉。我伸出手，摸了摸她。我爬上床，和她并排坐着，用胳膊环抱住她。她哭了一会儿。

“哦，真抱歉，”她说，“我什么都做不了。”

“跟我说一说吧，比安卡。”

她整理了一下思绪和回忆，然后开始了。

“只有我和克里斯托，我们搭便车去的，太简单了。有个家伙，穿衬衣打领带，精瘦，有点吓人，打克里斯托的主意，不过克里斯托用她特有的眼神看了他一眼，那家伙就闭嘴了，太简单了。我们搭了一段又一段，一段又一段，我们甚至都不知道要到哪儿去，也都没说要去找什么。我们就是不想上学了，想离开卡拉卡托，离开你们这帮人。几小时后我们到了，下午一两点的样子，我们穿过阿尔恩茅斯来到了海滩，边走边吃冰激凌，一想到离开了那一切我俩就咯咯笑，不过我俩都知道我们一直在找他。海滩特别美，漂亮的白沙，波涛翻滚的大海，绵延不绝的沙丘，岩石上的城堡，海上的岛屿。我知道你肯定觉得我很蠢，也许我确实蠢，但我也很聪明，我知道在这个世界上，我们能来这里，真是太幸福了。我们用不着诗人来告诉我们这个。我们甩下鞋子，在沙滩上走，在海水里走。我们带了顶小帐篷，还带了吃的和酒和香烟，所有必需品。自由万岁！我们边跳舞边泼水边叫让学校和他妈的考试见鬼去吧，海鸥在我们头顶叫着。哈！这时他出现了。”

“俄耳甫斯？”我问。

“对啊，太疯狂了，就好像他专门把自己安放在那儿，就好像他一直在那儿等我们似的，就好像我们不可能去别的地方，只能来这里。他就在那儿，弹啊，唱啊。他待的那个地方是海滩上一个弧形，很久以前那里是一些小木棚。你知道吧？肯定很久很久以前就在那里了。他还是老样子，可能憔悴了一点儿，虚弱了一点。克里斯托惊呆了。骗子！她说。他太他妈的帅了，克莱尔，还有那声音，我们都动不了了。来吧，得到我，俄耳甫斯，我的身体在祈求着。机会渺茫。他身旁还有其他人，全是小伙子，他们说的对。我们一出现，他们就朝我们转过头来。我想起詹姆斯关于那些家伙的话来，不过我想，去他们的吧，我就朝他们走得更近。他停止歌唱。他看着我们，看上去很警惕，好像有点被吓到了。有个家伙杵在我俩面前。‘俄耳甫斯，你认识我们啊，’我出击了，‘我们认识艾拉，我们认识克莱尔。’这时我干了件蠢事，把手放在了奶子上，就好像这样能帮他想起来似的。‘让她们过来。’他说，看来摸奶子这一招管用。呃？他们让我们跟他们坐在一起。那些家伙有水果、面包之类的东西。他们不要我们的酒，不要我们的烟。‘你去哪儿了？’我问。俄耳甫斯笑了。‘你们应该去上学。’他说。跟他坐一块儿，听到他说这种话，感觉太他妈的怪了。‘我们可以自由几天。’克里斯托说。‘跟你一样。’她说。他只是冲他笑笑，又开始弹奏起来。没人想说话，就好像什么都没发生，只有太阳开始落下，潮水开始上涨。要是别人弹我们早就走了，可是我们却坐在那儿盯着他，听他唱，我身体里那个声音又开始祈求‘带我走，俄耳甫斯，现在就带我走’。我们该离开了。该出来了。三四点钟时，她们来了。”

她又咕咚了一口。

“谁？”我问。

她扭过头。

“见鬼，克莱尔，”她轻声说，“不知道啊，就像是从海里出来的，从见鬼的地里钻出来的，从见鬼的空气、阳光中来的。前一刻还一个人影都没有，下一刻她们就那么近了，已经从海边朝我们走来，已经他妈的朝我们走来。上帝啊，我感觉当时我身体都僵硬了。你真该看看她们。魔鬼，疯子。是女的，从屁股和奶子能看出来。身上有伤疤，有文身，眼睛狂乱地大睁着，感觉她们一直在吸食什么东西，感觉她们疯了。她们手里还拿着刀子、斧头和可怕的锯子。她们的指甲就像爪子，像针，像匕首。克莱尔，他碰了碰我。俄耳甫斯**碰了碰**我。‘离开这里，比安卡。’他说。**比安卡**。‘请离开这里。’他说。她们听到了他的声音。‘他说的对！’一个声音尖叫着。‘这事跟你们没关系。’奇怪的尖叫声，见鬼，奇怪的口音。克里斯托拽了拽我。‘走吧，比安卡！撤吧！’她们越来越近了。有几个小伙子跑了起来，其他的在往后退。有个小伙子堵住了她们的来路，臂膀上挨了一刀。‘走开！’她又叫起来。‘我们这样做是为了你们，为了我们所有女人。他为何不喜欢女人了？对吧，俄耳甫斯，你为什么不喜欢女人了？’他怀抱里拉站了起来，那女人开始尖叫，开始咆哮、喊叫。‘我们听不到！’她们尖叫着。她们的叫喊声越来越大，越来越大，越来越近，越来越近，就好像她们已经认识了他很久，就好像她们一直在到处搜寻他，就好像这迟早会发生，好像他也知道迟早会是这个样子。啊，上帝啊！我是多么冷酷！他推了我一下。‘快走！’他说。我从他的眼睛中能看出他关心我，关心我们所有人。我爱他。我他妈的爱他爱他爱他，可同时我也想和克里斯托一起跑向沙丘。哈！什么爱征服了死亡，够了，我们连跑走的机会都没有了。叫喊声和尖叫声越来越大。两个女人用爪子把我们拉进怀里。‘睡吧！’她们嘴里发出嘶嘶的叫声，往我们的眼睛里吐了什么东西。她们亲我们的嘴，然后往我们的嘴里吐了什么东西。她们把我们扔到沙地上，我们就跑了。”

她突然停下了。

“我怎么才能走出来？”她问，“讲出来会不会好点儿？听上去会不会更理性？”

她喝了一口伏特加。

“她们杀了他。”我说。

“这一切是怎么发生到我们头上，克莱尔？咱们还是孩子，咱们不过是咱们，咱们不过是……”

“她们杀了他。”

“我看到了一部分，可那像做梦一样。我怀疑自己要死了，可能已经死了。我们被人喂了药，或者之类的，记不清了。我看到刀子和斧头砍下来，起初就这么疯狂，尖叫声、喊声、砰砰击打声和石头的撞击声。那些女人在他四周、在他身上爬来爬去。光线越来越暗，接着一堆火燃烧起来。然后夜幕降临了，星光洒下来，一切都归于平静。只有那些女人发出的一小阵笑声，只有叹息声和呻吟声，只有海的声音。黑夜好漫长好漫长，我和克里斯托都动不了。我不停地想：“就这样了，我死了。”

她掉了几滴眼泪。我伸出手，又碰了碰她，她直勾勾地看着我，像个小女孩儿似的咬着嘴唇。

“又有光了，”她说，“我希望没有。我希望那光再也不要出现，我希望当我以为自己死了的时候我真的死了。我的药劲儿过去了，那些女人还在那儿，她们浑身上下都是血。我挣扎着想起来，一个女人转向我。‘我们是为你才这样做的。’她说。‘我？’我喘着气。‘对，为了所有女人，所有。他是个骗子，他是个骗子，我们这样做是为了艾拉。’‘为了艾拉？’我用肘部撑起上身，开始看清楚了。‘对，’她说，‘为她。他给她施了魔法，用他的歌声诱惑了她。小白脸，骗子。然后他又让她死了。’我跪着爬起来，她站到了一边。‘现在好了，’她说，‘我们让他随她去了。’这时我看到了他，俄耳甫斯，一块儿一块儿的，散落在沙滩上，有些地方在海边，还在随浪花滚动。手指、脚、骨头，他身体的一些部位，像是一块块烤肉。他的头颅漂浮在远处的一个岩石池里，那把里拉就躺在头旁边。克里斯托干呕起来，那些女人大笑着走开了。‘他知道会是这个结果！’一个女人叫喊着。也许我的药劲还没完全过去。海面上升起浪花，沙子在微风中飞舞，太阳升起来了，阳光刺眼。那些女人走了，跟来的时候一样迅疾，只剩下我和克里斯托，还有可怜的俄耳甫斯。我们他妈的该怎么办啊，克莱尔？我们像孩子一样后退着。我们看到乌鸦飞下来，用嘴啄他。我们看到海里爬出来什么东西，一点点地吃他。我们看到一只大黑狗顺着海边跑过来，来吃他的肉。太阳升得更高，海浪翻滚得更厉害，仿佛也想吃他，想把他带走。我们看到他的头和他的里拉漂起来了，克莱尔。我们看到了一些东西，肯定是他的心、肝、肺。乌鸦和海鸥疯了似的吃他的肉。又他妈的来了几只狗。哦，克莱尔，我们跑不动，我们什么也做不了。我们站在沙丘里，眼睁睁地看着俄耳甫斯被一点点地吃掉。海水那么黑，就像是被他的血染黑了，海浪那么高，似乎要把他的痕迹冲刷得一干二净。我们在那儿待了多久？谁也不知道，可能是整个下午，没有一个人走过，只有海滩，什么都没有，只有海滩，连俄耳甫斯都没有了，看不到了。”

她死死地盯着墙角，仿佛那是大海，那是沙滩。

“我看到了，”她终于开了口，“可让我怎么相信这一切啊？”

“我不知道，比安卡。”

“克里斯托说都是幻觉，都是因为药和伏特加。肯定是这样，她说。可是不可能啊，对吧？”

“我不知道，比安卡。”

“我知道我这一辈子都会不停地看到这一切，一辈子都会害怕。”

她朝我伸出双手，我抓住她的手，把她拉过来。她的身子靠着我，撼动了一会儿。

“可是很怪。”她说。

“什么很怪？”

“讲出来好像好点儿。我讲的时候，就好像，这一切背后，有一种跟爱有关的东西。”

“爱?”

“我爱他，一直爱，会永远爱他。”

“就好像他也爱我。我，愚蠢、大大咧咧的比安卡。就好像他爱咱们所有人。他几乎看不见咱们，他眼里只有艾拉，他爱她，一直爱到死。可他也爱我们所有人，克莱尔，这是不是很傻?”

“我不知道，我不觉得。”

“他为我们唱歌，为我们弹琴，让我们感觉……可是无法用语言描述他给我们带来的感觉。”

“他很了不起，呃?”她悄声说。

“是啊。”

“他真他妈的了不起，而且还来到我们身边。”

她吻了吻我的脸颊。

“我很开心，”她说，“这样是不是不好? 太奇怪了。我他妈的很开心，克莱尔，怎么会这样?”

三

夜晚过去了，太阳升起来了，故事也完了。

俄耳甫斯和艾拉又在一起了，在死神那里，在奥斯本河铁门后面深深的地方。剩下我们几个，生活还得继续。我们继续上我们的课，继续我们在克卢尼的聚会。

我们是在狂喜和忧伤掺杂的状态下完成考试的，怪怪的。

当然，我考得很好。

“我太开心了，克莱尔，”卡拉卡托老师声音有些颤抖，“我就知道你有这天分。”

我已经计划下一年到希腊的海滩漫步。我要遇到一位爱人，和他一起喝茴香酒、喝松香味葡萄酒。我要感受散发真实热度的阳光，我要在温暖的海水里游泳。我要到那些古老神话开始的地方去旅行。

几天后我就出发了。晚上我和爸妈待的时间比平时长，我们在为分别做准备。我们一起看老照片：婴儿时的我，幼儿时的我，青春期的我，光影之中的我们仨，那么美好的组合。我们聊到我还没出生时的事情，我出生的那一天，长大的那些时候。我们哈哈大笑，我们拥抱，我们抹去眼里的泪。我们是一个小房子里的一个小家庭的成员，我们身后是泰恩塞德，海滩，诺森伯兰郡的煤田，整个世界，整个银河系，整个宇宙，是曾经存在并将永远存在的一切。

我整理着行囊，把衣服和物品放进去：一些我需要的东西，一些我离不开的东西。衣服、书、现金、信用卡、一些孩提时的玩具。我还要把这个耳环也带上，我昨天发现了它。我去了奥斯本河，和门后面那些孩提时代的怪兽说再见。它就在那里，混在铁栅栏底下漂浮着的一堆垃圾里。我伸手把它挑出来，放在张开的手心里，是一只小巧的白海豚造型的耳环。艾拉的礼物，从死神那里送出。

真是这样吗？

是的。不，也许吧。

也许这一切都只是巧合、是故事、是谣传、是疯狂，年轻时代的疯狂，初尝恋爱滋味的疯狂，活在这个神奇的地方的疯狂。也许我们以为自己听到了，其实根本没听到；或者我们听到了，却不是我们认为的那个样子。也许我们其实什么都没看到。也许我们以为自己感觉到了什么，其实并没有那种感觉。也许……

可我们确实听到了，看到了。我们知道。

我也知道他走了，他依然在这里。

我知道他俩都死了，他俩都年轻。

我听到了他的声音。他的歌声无处不在，四处飘零，就像他的肉体。他在鸟喙间歌唱，他与羊羔一起咩咩叫，与狼共嚎。微风拂动树梢和青草，那是他在歌唱。他歌唱雏菊的花瓣、山楂果、梨子的味道。他歌唱漂亮的蝴蝶，歌唱即将化蝶的黑黝黝的新蛹。他歌唱大雁飞去又飞来，歌唱那壮观的人字形队伍。他歌唱太阳射下的光线、下落的雨水、所有流过诺森伯兰郡的河流和永远流淌的泰恩河。他歌唱我们，我们，我们。他歌唱我们的肉体，我们的血液，我们的骨头，我们的呼吸。他来了，又去了。他站在万物的边缘，等待下一个进入这个世界的时机。如果我们向他敞开自己，让他进入我们体内，他会让我们自由。他会把他的歌送给我们，让我们起舞。

我会把俄耳甫斯的面具戴上。

我会一直留着它。

我现在就把它戴上，讲了一整夜故事，该落幕了。

我从他的眼睛望出去，我呼吸着他的呼吸。

用我的身体歌唱吧，俄耳甫斯，在我说这些临别的话的时候。

一个词又一个词，一个词又一个词。

忘掉自己，克莱尔。

消失吧，消失吧。

什么都不是。

他来了，唱着，来到了我的嘴里；那儿，就在他身后，是美丽可爱的艾拉，从死神那里走来。